CB041743

Sobre**vida**

J. Motta e Motta

Sobre**vida**

A história de um médico que não sabia nada de medicina

SOBREVIDA

A HISTÓRIA DE UM MÉDICO QUE NÃO SABIA NADA DE MEDICINA

1ª edição — Agosto de 2011

Grafia atualizada segundo o Acordo Ortográfico da Língua Portuguesa de 1990, que entrou em vigor no Brasil em 2009.

Editor e Publisher
Luiz Fernando Emediato

Diretora Editorial
Fernanda Emediato

Produtora Editorial
Renata da Silva

Capa e Projeto Gráfico
Alan Maia

Diagramação
Kauan Sales

Preparação de Texto
Fátima Gomes

Revisão
Marcia Benjamim

DADOS INTERNACIONAIS DE CATALOGAÇÃO NA PUBLICAÇÃO (CIP)
(Câmara Brasileira do Livro, SP, Brasil)

Motta, J. Motta e
Sobrevida : a história de um médico que não sabia nada de medicina / J. Motta e Motta. -- São Paulo : Geração Editorial, 2011.

ISBN 978-85-61501-76-1

1. Ficção brasileira I. Título.

11-08603 CDD: 869.93

Índices para catálogo sistemático

1. Ficção : Literatura brasileira

GERAÇÃO EDITORIAL

Rua Gomes Freire, 225/229 – Lapa
CEP: 05075-010 – São Paulo – SP
Telefax.: (11) 3256-4444
Email: geracaoeditorial@geracaoeditorial.com.br
www.geracaoeditorial.com.br

2011
Impresso no Brasil
Printed in Brazil

Para Helio e
minhas crianças.

CAPÍTULO 1

"Janelas do meu quarto,
Do meu quarto de um dos milhões do
mundo que ninguém sabe quem é."
Fernando Pessoa *(Tabacaria).*

O telefone me acordou. Não há mensagens na secretária eletrônica. Olhei as horas no relógio do *laptop* e vi a barra de tarefas com uma carta piscando. Será que a ressaca curou meu vício de checar e-mails a cada meia hora? Me escondi atrás da cortina, observando a vizinha inglesa que, com movimentos inspiradores, limpava a calçada totalmente coberta de folhas. Tenho que juntar todas essas folhas antes da segunda coleta em dezembro, já que Karen não está mais aqui para fazer isso. Um esquilo me olha como se me conhecesse. Karen educou mal esses bichinhos. Parecem filhos, sempre esperando uma compensação. Minha cabeça lateja e só fez uma exigência até agora: não virar para nenhum lado.

Esqueço o *laptop*.

Ontem, pela segunda vez, comemorei a grana que veio com a pesquisa sobre células-tronco (ah! adoro as células-tronco!). O sustento do laboratório está garantido por mais três anos.

Foi assim que um jornal me descreveu na época do julgamento: "Novo Dr. Morte? — Médico suspeito de assassinato da esposa". Alguém lembrou e me comparou ao Dr. Jack Kevorkian. Ele estudou em Michigan também. Não darei mais entrevistas representando o laboratório. Bem, talvez para o Prêmio Nobel, daqui a 30 anos...

A grande corrida do ouro no mundo da pesquisa americana é a patente de genes. Foi a própria Suprema Corte americana que estabeleceu o precedente: "Tudo sob o sol pode ser patenteado, desde que feito pela mão do homem". Claro que as empresas de biotecnologia exploram esse filão de ouro, e hoje um laboratório, só por ter descrito o gene, pode patenteá-lo como se fosse criação humana.

Fui me especializando nessa área lucrativa. Crio projetos de investigação em codificação genética, e, desde que vim para o Labtech, conseguimos algumas patentes bem rentáveis.

Carl, um outro pesquisador do Labtech, deu entrevistas para o "Ann Arbor News" e a televisão da cidade. Não se saiu mal. Citou até Aristóteles — "O começo de todas as ciências é o espanto de as coisas serem o que são". Duvido que ele saiba de que texto veio isso. Deve ter copiado de alguma aula inaugural do tempo da faculdade.

A assessoria de comunicação do Michigan Labtech estava certa em me substituir por ele: um cara sério, circunspecto, no lugar de um médico suspeito de ter assassinado a esposa.

Carl explicou a importância dos genes que regulam a predisposição para a aterosclerose: "A aterosclerose é progressiva, começa já na infância e atinge todos os vasos sanguíneos importantes do corpo. São nossos maus hábitos modernos — isto é, uma dieta rica em gordura e o sedentarismo somados a uma predisposição genética — que favorecem o aparecimento da aterosclerose. E as doenças que mais matam no mundo, o infarto do miocárdio e o acidente vascular cerebral, têm como causa a aterosclerose. O implante de células-tronco para tratar os vasos ateroscleróticos do coração já é uma realidade, com bons resultados! Meu projeto também é nessa área de pesquisa, onde é mais fácil conseguir recursos.

Apaguei com aquelas quatro garrafas de vinho. Nunca entendi nada de vinho. Prosecco não é vinho fraco? Fraco e doce, idiota! Noah, o único amigo que fiz em cinco anos no Labtech, não ficou para comemorar. Ligaram de sua casa. Rachel tinha caído da escada de novo. Quando eles vão assumir a cegueira dela e se mudar daquela casa absurda com tantas escadas?

Quatro garrafas de vinho? Acho que vou ter de começar a esconder no lixo dos vizinhos. O telefone de novo, é Noah, e a coisa foi séria. Rachel ficou internada para observação. Ele faz uma pausa depois de me contar, e eu respiro fundo. Como bom amigo que sou, espero e não falo nada, não dou conselhos que com certeza todo mundo já deu, certo? Errado! — Porra, Noah, você fez algum seguro de vida para tentar matá-la assim?! É tão difícil se mudar daquele palacete centenário cheio de escadas? — Descarrego minha dor de cabeça (o vinho metido era dele, não era?). Ele não perdoa e dá a resposta óbvia que eu provocara: — Puxa, Daniel, foi com você que aprendi que se pode ter lucro matando a esposa.

— Tchau, Noah. Ligo à noite.

CAPÍTULO 2

"Estou hoje vencido, como se soubesse a verdade.
Estou hoje lúcido, como se estivesse para morrer."

Fernando Pessoa (Tabacaria).

Dá para pedir a comida no grego, mas, só de pensar no cheiro de azeite vagabundo, desisto. Fico pensando em alterar a rotina e cozinhar: a geladeira está cheia esperando pelo menos uns três filhos para comer essa comida toda. Íamos tentar fazer uma receita de camarão com coentro que aprendi com a Tânia. O Tylenol funcionou para pelo menos metade do cérebro, para a outra metade, tomo mais dois. A fresta da janela mostra um dia acabado. A vizinha da frente já acendeu a luz da varanda. Ela tem um medo danado de assalto, desde que lhe arrombaram a cozinha e roubaram o peru do Thanksgiving que tinha sido comprado no caríssimo Wholefoods. Coisa de estudantes. Uma vingança porque ela sempre liga para a polícia reclamando do barulho da irmandade. O telefone toca de novo. Trata-se de um recorde, senhoras e senhores. Deve ser Noah, o culpado (como bom judeu, é sempre o primeiro a se arrepender). É Debbie. Ela já ligou esta semana e quer saber se decidi ir ao karaokê de música country em sua casa. Dou a desculpa de que vou visitar Rachel. Debbie é uma mocinha de quase 40 anos apressada. Só a conheci há alguns meses, e já me propôs duas vezes para eu ser o pai de um filho dela. — Talvez meus óvulos já não sirvam mais? — Fez uma consulta enquanto estávamos tentando uma nova versão para a velha posição papai e mamãe. Aprendi na faculdade que, para fazer filho, a melhor posição é a de quatro. Não vou contar para ela, é claro. Música country e Tylenol são incompatíveis, diz o compêndio de farmacologia, Goodman Gilman. Ela quer ter um filho com o sucessor do Dr. Morte?

Tânia não me perdoaria se eu deixasse estragar 80 dólares de camarão jumbo. Fui botando no carrinho, me empolguei. A sobremesa, é claro, seria aquele inocente tiramisu de martíni que Noah prometeu fazer. O mascarpone vai estragar na geladeira até eu pedir para a Maria limpá-la. O martíni vai curar essa ressaca de vez. Fritei um pouco demais o camarão. Ponho limão para disfarçar o gosto. Exagero e ponho ketchup para tirar a acidez. Virou um doce de camarão. O cozinheiro metido é o Noah; mas não estou com fome.

Jamais serei um alcoólatra, tento me convencer. A porra do dia seguinte é terrível. Ainda mais ressaca de vinho. Meu pai bebia vinho todo dia às refeições, talvez daí minha aversão: cheiro de coisa doce com a comida... ARGH! Detesto!

O *laptop* continua lá no canto da cama, ok, vamos lá. Vários e-mails promocionais de pílula de alongamento de pênis e Viagra (será que a Debbie me botou na lista deles?).

Um e-mail da Tânia. Quase 18 meses depois, ela resolve me escrever. Imagino ser algo importante, não? Um anexo com a foto de uma menininha morena com carinha de dois meses, no máximo, cheia de lacinhos na cabeça e com uma roupa que parece maior do que ela. O nome é Clarice (me lembro que ela disse amar uma escritora com esse nome).

Apago o e-mail dela na minha caixa de entrada. O camarão deixou um gosto horrível na minha boca. Ligo para o Noah. Como bom judeu, também me arrependo logo. Ele não atende o celular, deixo um recado simpático, educado, frio.

Ligo para a Debbie, mas ela já me parece estar altinha. Gargalha ao ouvir minha voz. Será que ela quer vir depois da festa, curar minha ressaca? Ela não me parece empolgada. Pela primeira vez, recusa um convite.

São nove da noite e a criançada sabe se divertir. Ouço barulho de festa na irmandade Zeta Theta Gama.

Vou dormir. Amanhã quem sabe limpo a calçada, quem sabe jogo squash. Com certeza farei o camarão de novo, no almoço e no jantar. Vou procurar receitas no Google.

CAPÍTULO 3

"Falhei em tudo.
Como não fiz propósito nenhum,
talvez tudo fosse nada."
Fernando Pessoa *(Tabacaria).*

O telefone toca de novo. Outro recorde de chamadas para o Dr. Daniel Schwartz, senhoras e senhores! Deixo a secretária atender. Mais um relatório do Noah sobre Rachel. Vai ficar internada, houve realmente uma fratura na coluna, não cirúrgica, mas etc., etc., etc. Eu avisei, meu amigo, uma cega não pode viver numa casa cheia de escadas só porque ela a herdou. Cega e paraplégica é demais, não?

Noah foi um dos poucos colegas que fiz na faculdade. Se bem que, na faculdade de medicina, ninguém consegue ser amigo de ninguém. A gente só tem tempo de se odiar por ter feito aquela escolha burra e impossível: ser rico e salvar o mundo ao mesmo tempo. Estudantes de Medicina não têm vida social e vão se sentindo cada vez mais miseráveis vendo o pessoal ir para os jogos de futebol e para todas aquelas festas de fim de semana que agitam Ann Arbor. Não ajudava nada quando algum professor nos mostrava que, mesmo com todo esforço e abnegação, se dependesse de nós, o doente já estaria morto. A residência médica me pareceu pior ainda. Um bando de sabichões entusiasmados e eu fingindo que gostava daquilo tudo, que também compartilhava aquele prazer de ver os outros morrendo, sentir cheiro de antisséptico o dia todo. Tinha pesadelos que alguém iria me apontar o dedo e gritar: "Você o matou!". Decidi que mataria só ratos. Fui fazer pesquisa.

Noah era o mais invejado porque namorava uma menina local. Rachel, uma loura simpática, linda, de olhos verdes, altíssima, jogadora de basquete. Ela cozinhava, trepava e ainda ajudava com os seminários do dia seguinte. Nós dois ficamos mais próximos quando vim para o Labtech e ele já fazia uma pesquisa nada lucrativa, seríssima, respeitabilíssima, sempre atrás da cura para o defeito do gene codificador da proteína Huntington. Uma mutação deletéria nessa proteína leva à doença de Huntington, a progressiva destruição de neurônios em diferentes partes do cérebro. Como consequência, o paciente perde a capacidade intelectual e há aparecimento de movimentos involuntários. As complicações levam à morte antes dos 50 anos. Uma doença genética, rara, sem um número muito expressivo de pacientes para conseguir verbas generosas. Noah contava migalhas porque a grana não aparecia no ritmo em que ele precisava. Era obrigado a manter uma corrente de e-mails para conseguir mais material, mais espaço, mais gente. Este é o Noah! Ganhou a admiração de todos para sempre ao se casar com a loura linda com genes defeituosos que a deixarão cega até os 35 anos. Síndrome de Leber, era o diagnóstico do pessoal da Oftalmologia e da Genética. Identifiquei-me com ele. Decidi que queria ser seu oposto. Ele teria feito essa filha com a Tânia sem se preocupar com os olhares de recriminação de todos. Mas eu não sou o Noah.

Conheci Tânia quando ela veio me cumprimentar em uma conferência no verão sobre células-tronco, e vi um sorriso bonito, um corpo desejável. Não entendi metade do que ela falava: seu sotaque era terrível. Ela tinha a pele morena; achei que fosse indiana. Só entendi que era do Brasil no final da conversa. Três semanas depois, voltamos a nos encontrar no portão do estádio na partida final da temporada de futebol. Ela me cumprimentou com dois beijos, como se fôssemos velhos conhecidos. Senti seu perfume doce, dei uma olhada por cima nos seios que comprimiam meu tórax, e desta vez me interessei. Karen não tinha vindo.

Noah, que fala espanhol, ficou de papo com ela por meia hora e já a convidou para vir conhecer o laboratório. Tânia era jornalista e fazia um *fellowship* na universidade.

Cansei de acompanhar a conversa, fiz as perguntas óbvias sobre carnaval, futebol e cirurgia plástica no Brasil. Deixei o Noah explicando como são as regras do futebol americano. Cheguei em casa mais cedo, pensando em convidar Karen para almoçar naquele vietnamita que ela adorava. Dormia ainda, estava cada vez mais dorminhoca. Só saía da cama às 11 horas. Quando a conheci, eu ainda estava na residência médica, vivia extenuado; e ela terminava o curso de teatro, aprendia alemão e dançava. Era superativa. No inverno, me fazia levantar às 6h30 para caminhar no Arboretum. "Lá a neve quase não congela", ela insistia. Amava aquelas árvores e depois aprendeu todos os nomes das espécies com Rachel. Quando começou a adoecer, passou a dormir muito. No início, culpou o antialérgico, e, depois, o antidepressivo, ou citava Shakespeare que aprendeu nas aulas de teatro: "Nós somos do tecido de que são feitos os sonhos".

A doença de Karen foi progredindo lentamente, com dias bons e maus. Às vezes ela ainda ligava o rádio. Antes adorava ouvir música. Outras vezes não queria sair nem para comer. Pedia sempre a mesma comida no Angelos. "Cozinhar é perda de tempo; em Ann Arbor tem comida de todo lugar do mundo e muito barata" — dizia Karen.

Ela desistiu do grupo de teatro, não quis fazer o circuito de peças da Broadway como todo ano em Nova York. Era nossa viagem de férias inadiável, Karen sempre fez questão de ir. "Detesto sair de perto das minhas coisas, Daniel", explicou, gritando quando a pressionei sobre sua falta de vontade.

Conversei com Derek sobre seu caso. Ele sugeriu atividade física. Retomamos o squash, mas ela desistiu na segunda semana. Machucou o olho. Mas estava bonita, magra, distante. Passávamos o fim de semana isolados, raramente aceitávamos um convite.

Noah começou a cozinhar às sextas-feiras aqui em casa. Eu comprava os ingredientes, a bebida e lavava a louça. Comentou comigo sobre a mudança de Karen, desconversei, imitando a atitude que vi minha esposa fazer comigo. Em agosto, achei uma prescrição de Lexotan com o nome dela. Eu nem sabia que Karen conhecia o psiquiatra que havia feito a prescrição. Joguei todas as receitas fora.

Ela bateu o carro e não quis mais dirigir, tinha medo de dirigir na neve. Perguntei quando iria sair de casa, Karen riu. O sexo era só um modo de nos comunicarmos. Percebia que ela queria que acabasse rápido. Acabávamos. Karen fugia pra seu canto na sala, grudada em canais absurdos da televisão. Alícia veio passar o fim de semana conosco. Achou a filha mais calada, só isso. Tentei conversar sobre Karen com ela. Alícia negou ter notado algo extraordinário, e, como sempre, reclamou que queria uma neta (ela já tinha três netos, filhos do Mark).

Além de termos que fazer um filho perfeito, a avó exige que seja uma menina.

Vamos suspender o Zoloft, fui falando alto. Aí, quem sabe, temos 50% de chance de deixar Alícia feliz. Enquanto eu fazia planos para o futuro, dizendo que a menina se chamaria Sarah, etc., etc., vi Karen se transfigurando. "Não sabe que tenho duas tias depressivas que nunca saíram de casa por 20 anos e agora são dementes asiladas? Você acha que eu vou deixar essa doença horrível passar pra uma criança?" Não me deixou tocá-la por três meses.

CAPÍTULO 4

"Nada é tão fascinante quanto o amor, desgraçadamente."

Hanif Kureishi *(Intimidade).*

Estava louco por sexo.

Tânia havia deixado um cartão quando foi ao laboratório, ciceroneada por Noah. Fazia uns quatro meses que eu a havia conhecido. Estava bonita com um vestido preto muito fino, sapatos muito altos, seios lindos, quase visíveis. Liguei.

Não precisei do Noah parar traduzir o que ela queria. E como queria! Tânia adorava sexo. Durava já dois meses. Era quase dezembro quando comecei a fazer um curso de espanhol pela internet. Tentava me lembrar de alguma coisa do espanhol que aprendi na High School, mas, sendo brasileira, falava português: cheio de erres no meio das palavras. A casa dela cheirava a comida. Tânia me parecia um pouco burra, ilusionária, ainda sonhando com paz e amor no mundo. Somos um povo de guerra, não percebeu, Tânia? Tentei ensiná-la. O *fellowship* em jornalismo duraria até janeiro.

Ainda no fim de novembro, ficamos assistindo a "Hannah e suas irmãs". Dormi. Cheguei bem tarde e Karen estava na banheira fria, sedada, com o aquecimento desligado. Senti-me um merda. Havia uma mesa posta com velas e comida para fora das caixas. Era do café Felix. Ela disse que tinha cochilado. Havia bebido um pouco de vinho, só isso. Falei do meu arrependimento. Karen disse que me adorava, me entendia, que era uma chata e citou seu adorado Shakespeare: "se fiz alguma coisa boa em toda minha vida, dela me arrependo do fundo do coração".

Avisei Tânia de que iria viajar para Nova York. Karen me surpreendeu. Comprou roupas, quis ir à ópera comigo, e também fomos passear no MOMA. Ela disse que entendia meus atrasos. "Quem quer ficar o tempo todo dentro de casa?" Sentia-se culpada por ser tão aborrecida. Não forcei o sexo, mas, quando a vi em cima de mim, me prendendo a uma cadeira e se esfregando como uma puta experiente, não resisti. Foi ótimo! Até ela começar a chorar. Não parou mais, por 24 horas. Tive de levá-la para a emergência. Os olhares das pessoas no saguão do hotel me culpavam como se eu a tivesse espancado. No hospital, nos mandaram para emergência psiquiátrica.

O exame toxicológico acusou três tipos de ansiolíticos e antidepressivos. Eu não sabia que ela estava se medicando com tanta droga. Ela me jurara que era só Zoloft. O médico, muito novo, começou uma preleção, como se eu tivesse enchendo Karen de ansiolíticos. "Idiota." Foi o meu grito que o fez se afastar de mim, mas o segurei pelo braço, exigindo que me ouvisse. "Essa mulher tem história familiar...", gritei, "está assim há quase um ano. Já faz três meses que não dirige, perdeu peso, dorme 18 horas por dia e você acha que eu sou o culpado?" Enquanto eu desabafava, finalmente enxerguei a seriedade do quadro de depressão de Karen. Esforcei-me para lembrar os escores para classificar um deprimido grave que aprendi na residência. Psiquiatria sempre foi uma incógnita para mim. Até então, eu quis acreditar que era só uma má fase. Foi um "*insight*". Chorei.

Foi o parecer dele na ficha médica que me salvou da prisão. O Promotor quis insinuar que eu a levei para o hospital para ter uma ficha médica como aquela. Qual a diferença? Eu a matei, não? Lenta ou rapidamente, eu a matei. Fiquei observando a doença prosseguir, me envolvi com Tânia, desisti de Karen. Fracassei até no seu diagnóstico.

Naqueles meses após o incidente da banheira, Karen aceitou ficar com Anna, uma adolescente de 16 anos, filha de Maria, a nossa diarista. A companhia perfeita para uma depressiva: só ficava jogando no computador, fazendo interurbanos e mais interurbanos. Karen me fez jurar que não avisaria Alícia, não queria ver a mãe. Odiaria ficar com o estigma das duas tias loucas enclausuradas. No final de dezembro precisei viajar (ou será que eu me oferecia mais para as conferências fora da cidade?). Deixei Anna com Karen. Elas se davam muito bem.

Os fotógrafos do congresso tiraram fotos minha e de Tânia em Roma. A promotoria fez um *slide show* no dia do julgamento. Eu e Tânia sorrindo um para o outro, ela apoiada nos meus ombros, mas Roma não me condenou. Ao fim do congresso, demos uma esticadinha até Milão. Ali estávamos relaxados, alguém nos fotografou num beijo cinematográfico. Foi a última foto do *slide show*. Até hoje, não sei como os detetives a conseguiram. Quando voltei, Karen não comia havia cinco dias. Estava abatida, desidratada. Anna disse que a viu comer, Karen disse que era só um resfriado.

Percebi que ela estava mal e a levei para a emergência. Eles a internaram, mas na ficha médica só colocaram o diagnóstico de desidratação (o colega não quis que eu ficasse constrangido, eu supus).

Minha vizinha inglesa, tão simpática, trocou confidências comigo. Constrangida, disse que viu Karen colocando caixas de tranquilizantes no lixo da casa dela. Comentou que conhecia aquele psiquiatra, Brentwood, e que ele não era bom. Tinha a reputação de só passar sedativos. "Ela já tentou meditação?", perguntou. Agradeci. Quando a confrontei, Karen admitiu que havia se consultado, de novo, com o maluco do Brentwood. Ele, como eu, era mais um aluno medíocre que queria ficar rico. Nunca liguei para ele na faculdade. Acho que Brentwood não sabia que ela era minha mulher. Liguei ameaçando processá-lo. Fiz um discurso enorme enfatizando os riscos da medicação abusiva (claro que não falei das minhas receitas). Achei que havia resolvido aquela questão.

Foi ele que depôs contra mim e aproveitou as câmeras para fazer propaganda da sua clínica de reabilitação. Quase me levou para a cadeia afirmando para o júri que Lexotan não mataria ninguém. A inglesa tentou ajudar na minha defesa, mas ela não lembrava quais eram os tranquilizantes que Karen havia escondido. Só se lembrava do nome do Brentwood e que eram muitas caixas (se arriscou a tomar um processo quando disse que havia me alertado sobre a má reputação do psiquiatra das receitas). Foi minha segunda testemunha de defesa. A primeira havia sido Noah.

Para pagar a fiança, tive que usar toda a poupança que fiz em cinco anos de Labtech.

Termino um livro delicioso do Camilieri que comprei na Aunt Agatha, loja da 4ª Avenida especializada em livros de mistérios. Dizem que o gênero policial é subliteratura, mas Camilieri para mim é o Simenon da Itália. Pena que Noah não saiba fazer os pratos deliciosos que o inspetor Montalbano vive comendo. Camarão com bastante *tabasco* e arroz é o cardápio de hoje. Exagerei no *tabasco*, e o arroz ficou duro. Nunca li os clássicos. Só leio policiais e assuntos de Medicina, não gosto de livro para pensar. Leio apenas para relaxar.

Na TV está passando um filme em que o marido (Jeremy Irons está tão convincente, que ganhou um Oscar por esse papel) é acusado de matar a mulher, Gleen Close, que entra em coma irreversível. Amanhã alguém terá assistido a esse filme, pensará na minha absolvição, comentará na cantina, e eu vou perceber todos aqueles olhares atravessando minha espinha. Esse canal 5 tinha que reprisar um filme tão velho? Serei Klaus Von Bulow sem aquela grana toda, novamente acusado de ser culpado, por causa de um maldito filme.

Ou talvez os olhares se devam ao fato de eu nunca comparecer às festas de Natal do Labtech. "Sou judeu, esqueceram? Matamos Jesus!" Vou poupar minha manhã indo visitar a Rachel.

Ah! Um jogo de basquete da NBA, muito bom, na ESPN. Leio um resumo que o estagiário está escrevendo, uma porcaria (acho que ele é um daqueles que pensam que texto médico é literatura)! Vou ter que mexer nisso semana que vem. Três convites para congresso (um no Brasil). O *Headhunter* me convoca para mais uma reunião de propostas. Por que será que ele não me arrumou uma vaga perto da Califórnia? Marco para quarta-feira. Da última vez me diverti vendo ele exortar as vantagens da pesquisa no Havaí...

CAPÍTULO 5

"Indubitavelmente, a liberdade definitiva é escolher,
recusar a liberdade em prol das obrigações
que nos unem à vida — envolver-se."

Hanif Kureishi *(Intimidade).*

"Por que não foi embora logo que tudo acabou?", perguntou Noah bêbado. Ir embora era como admitir a culpa, não? Ou fiquei, para todo dia admitir minha culpa?

Lembrei-me de Tânia, mostrando-me fotos do Brasil e sonhando em morarmos lá. Ela não gostava do inverno rigoroso de Michigan. Eu daria aulas e trabalharia em algum laboratório. Receberia menos de um terço do meu salário atual e seríamos felizes para sempre viajando pela Europa nas férias (com que grana?). Apresentaria para ela a Floresta Amazônica. Tânia temia as doenças tropicais; até hoje não conheceu a floresta! É hipocondríaca, foi criada em cidade grande, tem medo até de esquilos.

Passaríamos nossos fins de semana em Buenos Aires ou Rio de Janeiro. Sempre faço confusão com estas duas cidades. Ela queria ter um restaurante, dois filhos e adorava Fernando Pessoa. Um escritor português. "Coma, coma chocolates, pequena", Tânia tentou traduzir o poema. Não curto muito literatura, expliquei que comecei a odiar na *High School* com todos aqueles livros para ler. Apresentei a guitarra de Eric Clapton, Santana. Adoro solos de guitarra, mas também não sou um grande conhecedor de música para tentar ensiná-la a gostar. Ficávamos horas e horas discutindo um futuro que não iria acontecer. Contei a ela meu desejo de ter uma filha, e também meu medo de não saber educá-la. Tânia me explicou que entre os brasileiros a figura da mãe era mais importante na educação. Discordamos do nome da nossa filha, ela queria Clarice, eu queria Sylvia, o nome da minha mãe, gostaria de ter uma filha tão bonita como a minha mãe. Tânia preparava comida sempre, aprendeu a cozinhar com sua mãe, dona de restaurante, e deslumbrada alardeava que cozinhar nos Estados Unidos é muito prazeroso, com tantos ingredientes à mão, todos de muita qualidade, e alguns, com exceção de carne de boi, mais baratos que no Brasil. Era viciada em visitar o Wholefoods. Por um tempo ficou obcecada por sobremesas, e fiquei bêbado com os *cupcakes* de Mojito e Bayle's que ela fez em um sábado... disse que iria treinar para abrir uma *pâtisserie* em São Paulo. As mulheres que conheço são sempre tão empreendedoras, pensei. Tânia me falou que veio de uma família de classe média, o pai morreu atropelado quando ela tinha dez anos, e com pouco dinheiro não deu para aperfeiçoar seus estudos em inglês. Fez faculdade porque no Brasil existem faculdades públicas gratuitas. A mãe cozinheira é dona de um pequeno restaurante de frutos do mar em uma praia perto de São Paulo. Hoje, seus dois irmãos já o expandiram como uma pequena franquia de restaurantes em shoppings center. Me esclareceu sobre São Paulo não ser a capital do Brasil e sim Brasília, que foi projetada e construída para isto. Saímos algumas vezes, e uma noite fomos a um show de bossa nova, a música brasileira mais famosa, segundo Tânia, e ela sabia todas as músicas, ficou emocionada, tinha uma voz linda, mas se decepcionou ao perceber que o cantor era americano, só imitava os sons das palavras. Comprei um aparelho de som Bang Olufsen para Tânia, que ficou deslumbrada, e eu tive de ouvir todos os discos que ela tinha trazido do Brasil. Gostei de duas cantoras muito boas, Marisa Monte e Rosa Passos. Finalmente conheci a melodia apaixonante, rica do qual já tinha ouvido alguns comentários elogiosos. Só conhecia duas músicas até então: Aquarela do Brasil e Garota de Ipanema.

Tentei transformar aquele relacionamento em uma brincadeira, uma fuga, um ano sabático. Apresentei-a também ao meu herpes genital. Será que Tânia nunca suspeitou de que eu era o culpado? Quem me contaminou foi Karen. Depois de um ano de namoro, ela pediu um tempo e foi passar três meses na Europa com uma mochila nas costas. Foi para conhecer os festivais de teatro que acontecem no verão europeu, mas acabou mesmo é conhecendo os vírus locais. Karen me contou quando chegou. Mesmo assim, não titubeei e a pedi em casamento. Casamos, fomos morar em Seattle, na casa que herdei de meu pai, comecei a trabalhar com patentes genéticas e vi que gostava muito da objetividade e da possibilidade de lucros nessa área de pesquisa. Não havia esquecido a profecia de meu pai, de que eu seria processado, um dia, por má conduta médica, e evitava qualquer proximidade com pacientes e hospitais. Logo surgiu uma proposta de emprego em Michigan, na Universidade e depois no laboratório onde estou até hoje. Lembro que meu pai era um advogado medíocre, que sempre lutou para conseguir clientes, fazia propaganda em televisão, rádio. Os pais dele emigraram para viver em um kibutz, em Israel, e morreram em um ataque de bombas. Minha mãe segredou que meu pai havia herdado o medo da miséria da avó, com quem viveu depois da morte dos pais. A avó era uma judia refugiada da Alemanha que passou fome ao emigrar para os Estados Unidos fugindo da guerra. Sylvia, era o oposto: dispendiosa, perdulária, fazer compras era seu hobby predileto, adorava me dar presentes e me vestir como se eu fosse um dândi. Fazia uma inspeção antes de eu ir para escola, me queria impecável. Vibrou e chorou de felicidade quando decidi fazer medicina. Acreditava que eu havia escolhido a profissão mais sublime, com tanto status como a de ator, e que nunca havia conhecido um médico pobre. "Vai sempre haver gente doente nesse mundo, desesperada para se curar, é a maneira mais nobre de ganhar dinheiro." Antes eram os padres que eram ricos e poderosos, agora são os médicos, exagerava. Meu pai discordava. Achava que eram os juízes e advogados. Sylvia passava as suas tardes ao telefone, conversando com pessoas que conhecia na rua, era viciada em conversas telefônicas, dava seu número para quem quisesse. Minha mãe foi uma mulher atraente, com uma cabeleira volumosa, comprida, e, apesar de ser bem baixinha, sabia se fazer notar, quando queria. Era uma pessoa ativa, fã de ginástica e dança, se exercitava sempre para se manter em forma. Sylvia me ensinou que bons presentes e elogios conquistam uma mulher. Na escola secundária me fez dar um cordão de ouro para uma menina só porque eu disse que ela sorria para mim. Provavelmente, logo depois do casamento já se arrependeu de ter se casado com um homem sovina, e nas discussões diárias com meu pai falava alto que merecia viver uma vida menos mediocre, mais glamorosa, ameaçava deixá-lo, xingava meu pai de muquirana, o que terminava sempre em mais vestidos e presentes. Meu pai adorava exibi-la, apaixonado, gritava ansioso, quando ela sumia de suas vistas, berrando seu nome bem alto, o tempo todo, em qualquer lugar, como se estivesse checando se Sylvia não tinha desaparecido para sempre.

Minha mãe acompanhava as fofocas sobre artistas famosos em revistas, pois havia estudado em Los Angeles, onde cresceu com alguns deles. Meu avô trabalhava como técnico em um estúdio de Hollywood. Passei várias horas da minha infância ajudando minha mãe a escolher vestidos de festa com preços promocionais nas lojas de departamentos. Sylvia os colecionava, com a esperança de um convite para uma recepção de algum amigo dos tempos de escola. Karen dizia que tenho bom gosto para roupas femininas, sei comprar presentes e nunca apresso uma mulher para escolher um vestido; fui treinado por Sylvia, claro. A minha psicanalista cega já abusou desta minha qualidade para escolher uma roupa para sair, já que Noah é como a maioria dos homens: indiferente.

No fim do mês mamãe fazia economias mirabolantes nas compras de supermercado para meu pai não perceber o gasto desnecessário. Comprava carnes de pior qualidade e fazia receitas como se fossem caras, ou blasfemava contra o açougueiro, e com um desempenho digno de Oscar garantia assim a renovação do guarda-roupa.

Não foi citada na autobiografia da sua melhor amiga, agora atriz famosa. Ficou indignada, mas logo se acalmou e riu com prazer ao perceber que foi por puro ressentimento, pois leu o livro e viu que a atriz mentiu dizendo que namorou o galã da classe de *high school*, o que na verdade havia acontecido com a minha mãe. Ela me mostrou toda orgulhosa uma foto como prova: Sylvia e o galã, adolescentes, bem apaixonados, segurando as mãos em um parque de diversões. Quando meu pai ganhou um ingresso para um evento beneficente bem badalado em Seattle, mostrou para ela todo satisfeito, como se fossem andar pelo tapete vermelho da festa da entrega do Oscar. Sylvia se esmerou, estava linda com um vestido longo de alças de *strass* que vi que chegou por encomenda, veio de avião, e papai estava à altura: usou fraque. Voltaram bêbados, felizes, mamãe contando vantagens que conseguiu três clientes para o papai só no estacionamento. Fez planos de contratar uma Relações Públicas depois do seu sucesso na festa. Foi uma lua de mel até papai ver a conta do preço do vestido. Era um Chanel preto, decotadíssimo, que mereceu foto na coluna social. Papai falou nisso até no dia da morte dela. Queria que a enterrássemos com o vestido. Procurei no armário e não encontrei, Sylvia deve ter vendido, não repetia a roupa nunca. No dia em que teve o acidente vascular cerebral, quando cheguei para vê-la no hospital, já estava morta, gelada, fui beijá-la e senti um cheiro ruim, que saía da sua boca. Nauseei e me afastei. Sylvia apregoava que queria morrer cedo, sem muitas rugas, pois não tinha dinheiro para pagar um bom cirurgião plástico, e conseguiu. Morreu com 58 anos, mas parecia bem mais nova. Paguei um obituário bem bonito no Daily News Los Angeles e recebi condolências de várias pessoas famosas. Sylvia teria gostado.

Enquanto eu aprendia a localizar todas as efélides de Tânia, Noah viajava com Rachel para a Alemanha, Inglaterra e Filadélfia, sempre esperançoso atrás de um programa experimental para a Síndrome de Leber. Karen entrou numa fase melhor. Achava curioso meu interesse pelo espanhol, mas não reclamava das minhas ausências, parecia até gostar. Ela se dava bem com Anna. Saíam juntas para o teatro, iam às compras. Karen engordou, comia toda hora — porque sabia que, se tivesse uma recaída, eu contaria para sua mãe —, entrou para um grupo de leitura de poesia, fazia caminhadas. Conversávamos mais, mas havia um pudor para não falar na doença dela. Respeitei esse acordo de silêncio, pois Karen concordou em continuar com o tratamento psiquiátrico. Me propôs umas férias separados, pensou em viajar por duas semanas, com Anna, nas férias escolares. Eu concordei. Foram para o Grand Hotel, nas ilhas Mackinac, lugar que já havíamos visitado, há alguns anos, com suas construções centenárias, os cavalos gigantes puxando as carruagens; lá não há carros nas ruas e há um vento frio inesquecível que vem à tarde do lago. Vi as fotos que fez da ilha quando atravessava o lago Michigan. Karen aproveitou para usar o casaco Mink que lhe dei de presente no dia da viagem. Ela parecia tão menor dentro daquela roupa, seus cabelos pretos pareciam mais longos e se confundiam com os pelos do casaco preto. Achei-a naquele dia muito parecida com a minha mãe, e fiquei me questionando se o complexo de édipo explicaria nosso relacionamento; tenho de me lembrar de perguntar a opinião de Rachel, minha analista de fim de semana. Dançaram até no grande salão com a orquestra, não se intimidaram com os casais dançarinos, Karen me contou. A comida continua muito boa, apesar dos garçons jamaicanos serem bem ríspidos, porque não podem receber gorjeta. As duas estavam sempre sorrindo nas fotos, Karen e Anna pareciam irmãs.

Acomodei-me àquela vida de tal maneira, que, para mim, a felicidade se tornou um vício. Sentia-me merecedor. Ingenuamente, achava que aquela vida duraria para sempre. Noah não entendeu nada quando topei ir à festa de fim de ano do Labtech. Foi divertido ver aquelas pessoas tão pouco à vontade no trabalho irem se soltando com o efeito do bom vinho. Não conseguia ouvir nada, a banda tocava música country. Miss Philipps quis cantar no karaokê. Bizarro. Elvis Presley?

Carl sempre tão sério, fez uma imitação perfeita de Larry King, e foi me dando tapinhas nas costas, como se fôssemos íntimos, contando toda a sua extensa lista de atividades como porta-voz do laboratório. Como se eu já não soubesse, até um ano atrás, antes do julgamento, essa função era minha! Será que ele não percebeu que ter uma imagem pública é uma faca de dois gumes? Senti isso na época do julgamento, e até hoje evito alguns lugares, e às vezes em supermercados sempre percebo alguém me observando, tentando me reconhecer. Quando vou a algum lugar público, sinto medo de estar sendo observado ou comparado, e evito os flashes de fotografias.

Chega de lembranças.

Vou dormir.

Pela manhã, fui direto ao hospital visitar Rachel. O cheiro de hipoclorito e iodo me agrediu, nauseou. Será que ainda estava de ressaca? O martíni não me curou? Vou me vingar do Noah e servir vinhos do Alaska para o próximo jantar. Comprei flores e chocolates na *bombonière* e no café. Esbarrei em Michel Kepps, que havia sido meu professor na faculdade. Naquela época era um dos poucos acessíveis. Talvez por ser o único docente negro. Conversamos um pouco, ele é um homem muito agradável, com uma conversa paciente, bem-humorada, e não sei por que ele me queria de voluntário num programa de assistência médica gratuita para desassistidos. "Legal! Mas quem vai pagar os processos que os desassistidos jogarão contra nós? Tem uma rede de advogados voluntários também?" Guardei o cartão, pensando em dar para Noah. Eis um trabalho que é a cara dele. Subi. Rachel estava sozinha. Noah deve ter ido trabalhar. Falei alto, ela riu.

— Sou cega, Daniel, não surda.

Notei que seu cabelo estava uma lástima, ainda com restos de sangue, mas o hematoma do rosto era pequeno e havia uma tala no braço.

— Como vai a alpinista do Burns Park? — perguntei. Ela gargalhava tentando falar. Beijei seu rosto com cuidado, abri sua mão para dar os chocolates e pus na mesa as orquídeas brancas que comprei na máquina de flores.

— Não se esqueça de levar a orquídea para casa — avisei.

Rachel saiu disparando.

— Sabe por que não saio daquela casa? Adoro te obrigar a vir me visitar no hospital. Bombons belgas, flores e é enriquecedor conhecer o único médico que assumidamente detesta hospital e morre de nojo do cheiro de antisséptico. Duas visitas ao hospital em um mês é um sacrifício e tanto para você, não?

Falou mais baixo, e percebi que era um desabafo:

— Noah está desesperado, quer vender a casa a qualquer preço, estamos sem grana até para uma reforma, mas acho melhor esperar até o ano que vem e transformar a casa em alguma república para estudantes. A grana se foi como água, a casa já tem duas hipotecas. Há tratamentos que o plano de saúde não cobre e foram caríssimos. Fomos à Alemanha, Inglaterra e Filadélfia várias vezes. É difícil vender uma casa tão velha, não?

Depois de desistir do basquete, Rachel se graduou em Arquitetura e Paisagismo, mas, com a progressiva perda da visão, parou de trabalhar e agora faz artesanato. Ela também não quer ter filhos. Como Karen, tem medo de transmitir sua herança.

Rachel foi contando como Noah estava virando um paranoico com tudo, não se adaptou à cegueira, acha que ela vai morrer.

— Noah não entende que é difícil para quem ficou totalmente cego só há dois anos começar a agir como tal — disse com voz alterada.

Discordei e apoiei a ansiedade do Noah.

— Caindo da escada duas vezes em um mês, Rachel, você vai morrer, sim. — Ela me interrompeu enquanto ainda estava engolindo os chocolates e negava com a outra mão.

— Foi a gata que passou pelas minhas pernas e eu tropecei. Só isso!

Rapidamente, mudou de assunto:

— E você, Doutor Kevorkian, como vai aquela moça country louca para procriar? Peggy? Ela era sênior na época que entrei no *High School*, sabia?

— Acho que me trocou por outro mais fértil — expliquei. — Ela recusou um convite de final de domingo. Dia internacional da procriação. — Rachel riu até quase chorar, e lhe dei um lenço descartável. Sempre nos divertimos muito juntos, adorávamos fofocar, falar bobagens! Ela me pedia para descrever as pessoas que conhecíamos. Dizia que o Noah era muito pudico, e gostava da minha sinceridade em retratar as pessoas. Por duas vezes saíamos juntos pelo Arboretum, pois apostamos quem adivinharia as espécies das árvores, eu com um catálogo, e ela, mesmo cega, só pelo tato e cheiro, ganhou de mim. É uma pessoa com quem me sinto confortável, e a nomeei minha analista de fim de semana. Rachel consegue me fazer rir até das minhas fraquezas, e me consolou quando analisou minha angústia de não ser uma pessoa forte, carismática ou interessante e culta. Me mandou relaxar e aceitar as bobagens que sinto e que penso: "Só assim você vai encarar a vida com menos receio e mais interesse, Daniel", ela me instruiu em uma sessão regada a cerveja. "E acho que até a culpa que você sente é normal, todo mundo carrega seus recalques, faz parte da graça e do risco de viver, Rachel completou com a fala já enrolada, levantando e derrubando a cerveja que derramou toda sobre seu colo e deixou o gato todo ensopado. Comentamos os jogos da NBA toda semana, por que está sempre por dentro de tudo que se relaciona a basquete: a outra paixão que teve de abandonar. Tem uma autoironia com sua inabilidade como cega e fobia com choro de crianças, pois não suporta ficar em lugar onde tem criança chorando, fica aflita, ansiosa. Foi em mais um dia regado a cerveja, quando já estávamos bêbados suficientemente, que fizemos uma análise desta fobia, e chegamos à conclusão de que ela tem medo de ter pisado na criança sem ver. Prometi, quase chorando de tanto rir com a nossa análise tosca, de sempre que puder checar se ela é culpada ou não, e, se for, vou examinar a criança para ver se o dano foi grande. "Curarei sua fobia", prometi. Engraçado, porque os homens em geral não conseguem ter esse tipo de conversa... eu e Noah, por exemplo, jamais discutiríamos sentimentos pessoais. Homens são individualistas quando estão juntos, odeiam discutir qualquer sentimento mais íntimo. Pelo menos foi assim, até agora, com meus amigos, com meu pai. Discutir qualquer sentimento é coisa para mulher, não?

Chegaram para ver seu soro, dei uma olhada na enfermeira, nada mal... As enfermeiras bonitas são a única coisa boa em um ambiente tão asséptico. Dei meu cartão quando fomos apresentados. Quando eu me despedia de Rachel, ela disparou: — Quase me separei do Noah quando ele começou a sair com aquela brasileira por quem você se apaixonou. — Uau! Essa é a cestinha do campeonato universitário de 1999. Rachel já crava duas bolas nos primeiros cinco minutos da partida. Sentei-me de novo para ouvir a história.

A porta se abriu com o empurrão de alguém com muita força. Quase desabou. Era um homem forte, gigante. "Acromegálico", diagnostiquei. Figura de livro de endocrinologia, com certeza. Fiquei em pé. Ele entrou e, sem perguntar, fez uma revista no banheiro, fechou as cortinas e, quando eu ia protestar, apareceu uma loura um pouco mais baixa que Rachel, um pouco mais velha. Tinha um sorriso muito parecido com o da irmã, os mesmos olhos verdes, mas um rosto mais expressivo, mais confiante. O cabelo estava bem curto, usava um corte moderno, todo irregular. Vestia uma roupa bem justa, preta, que mostrava um corpo magro, cintura bem marcada e um par de peitos bem gostosos. Pediu com delicadeza para o Frankenstein esperar no café. Encheu Rachel de beijos, pegou dois bombons e jogou seu casaco por cima da minha pasta:

— Desculpem o Frank, mas havia dois paparazzi nos seguindo. Era Sally, meia-irmã de Rachel, atriz, com vários desenlaces amorosos e três casamentos. O segundo foi em Vegas e durou exatamente um dia. Ouvi uma vez Rachel dizer que Sally estava deixando as comédias românticas e entrando numa fase da carreira com papéis mais maduros. Vi-a num documentário sobre Hannah Arendt e me surpreendi. Era através de Sally que Rachel conseguia algumas reservas impossíveis nos restaurantes mais badalados de Nova York. Realmente, nunca havíamos nos conhecido. Beijou-me também. Um perfume doce, forte, com um toque de jasmim. Quase fiquei atordoado.

— Então, finalmente nos conhecemos, Dr. Schwartz — disse enquanto tentava arrumar o cabelo da irmã.

Sally começou a falar de seus planos para o futuro. Comprou uma casa sem escadas na Rua Londonderry e precisava de um casal para tomar conta do lugar, que a tratasse bem e a alimentasse quando aparecesse por lá, e, é claro, não podia se importar com a multidão de paparazzi. Sua aposentadoria de Hollywood seria em Ann Arbor... um inverno agradável como este, quem não há de querer? Riu alto, gesticulando com as mãos enquanto falava. Agitada e inquieta, a vi arrumando as flores que eu havia colocado no jarro. Sally avisou que pretendia ficar a semana toda organizando a compra da casa, e disse "Pago para ver até onde vai a teimosia dela com aquela herança maldita". Falou olhando para mim bem baixinho:

— Minha outra alternativa é tacar fogo na outra casa para eles ficarem com o dinheiro do seguro por perda total. Você bem que poderia ajudar, não?

— Claro que não! — discordei veementemente. — Logo eu? Seria o primeiro a ser pego.

Eu precisava ir. Dispus-me a ajudá-la na mudança para a casa nova, mas jamais no incêndio. Dei-lhe meu cartão e ela fez uma cara dramática:

— Nunca! Todos diriam que eu o procurei para alguma terapia rejuvenescedora, e as revistas iriam fazer uma festa com a sua história pregressa, ok? Sem ressentimentos? Despediu-se me dando um beijo. Seu perfume era o mesmo de Tânia.

Beijei Rachel pensando no que ainda não havíamos conversado, e fui trabalhar.

Tentei me lembrar de alguma referência a Noah que Tânia pudesse ter feito, mas não havia indícios sequer de uma amizade. Ela era uma mulher fogosa, com certeza Noah deve ter tentado alguma coisa, mas deixar virar caso, uma paixão? Por quanto tempo? Ela nos enganou ao mesmo tempo? Ele nunca sequer insinuou nada, mesmo na época do julgamento.

Noah me mandou um e-mail: almoçar às 15 horas. Não respondi. Estava sem apetite, precisava pensar.

Uma reunião interminável com o pessoal do financeiro me deixou de mau humor. Esses caras são competentíssimos. Fizeram um orçamento, conseguimos a grana e agora dizem que é curta demais. Ouvi previsões catastróficas. Querem que a gente economize até no papel higiênico. Mãos à obra!

Talvez evitando técnicas mais avançadas de investigação por como o RNA *splicing* para não ter que pagar *royalties* a outros laboratórios donos das patentes das técnicas. A chance de se conseguir alguma patente, com a pesquisa do fator de crescimento tumoral, também vai diminuir. Lembrei que minha mãe, quando se via em apuros de dinheiro ou estava em uma fase ruim, gostava de citar Einstein "A vida é como andar de bicicleta: para estar em equilíbrio tem de estar sempre em movimento"... Então vou me mexer.

Fui jogar squash. Rebati mal as bolas.

— Seu saque está muito bom, mas o posicionamento, péssimo! Não adianta só correr — ensinou Leo, meu treinador panamenho. Leo ia explicando e eu concordando com a cabeça.

— Tem de prever aonde a bola vai cair!

Vou fazer mais aulas com o Leo, o cara é muito paciente. Sou um jogador medíocre e sem fôlego. Ele nem corre para rebater as bolas. Cheguei em casa pensando no prato com camarão que iria fazer.

Meus pensamentos voltaram para aquela cesta bem enterrada de Rachel. Noah e Tânia? Quando? Como Rachel descobriu? Preciso voltar ao hospital amanhã ou depois. Peguei no telefone, pensando em falar com Noah. Desisti. Ele iria me dar uma desculpa esfarrapada, minimizar ou, na pior das hipóteses, querer me dar detalhes. Nojento! Uma cidade com uma população tão flutuante, diversa, e fomos nos envolver com a mesma mulher. Doentio.

Com certeza, Noah trair Rachel é mais sacanagem ainda do que tudo que eu fiz com Karen. Será que ele mantém contato com Tânia?

Rachel é uma mulher interessante, tão madura e bonita, como ele teve coragem?

O frio nas ruas é desencorajador, está -10 graus Farenheit, com uma sensação de -15 graus. Há poucas pessoas na rua, e, com uma fome de dois dias, como um x-burguer triplo, suculento e perfeito no Blimpy Burger. A fila de fregueses está grande, mas os rapazes da lanchonete são rápidos, e como sempre o sanduíche vale a fama do lugar, está delicioso. Como com culpa, e a dieta vai ter que recomeçar amanhã.

CAPÍTULO 6

"Com a morte a por umidade nas paredes
e cabelos brancos nos homens."
Fernando Pessoa *(Tabacaria).*

O chuveiro me deixou quase relaxado, mas o espelho me preocupou: mais rugas, cabelos negros cada vez mais ralos e mais cinza, e me acho gordo. Meus olhos parecem menores do que já são: a pele das pálpebras superiores está perdendo a elasticidade, caindo. Estou ficando parecido com meu pai... igualzinho a uma foto dele que ficava na estante lá de casa. Não confio nessa balança daqui de casa. Meu peso aumentou, mais 1,5 kg?! Será o camarão? Farei a barba amanhã.

Lembrei que minha mãe sempre foi magra, mas morreu em consequência de um AVC hemorrágico aos 48 anos. Meu pai era gordinho, irritadíssimo com tudo, fumante de charuto. O câncer de pulmão o matou enquanto eu ainda estava na faculdade. Sempre o detestei, mas adorava minha mãe. Ela é quem queria que eu fosse médico. Dizia com orgulho que, desde os meus sete anos, eu me preocupava com a saúde de todo mundo. Aos dez, ela me deu uma enciclopédia de termos médicos, predizia meu futuro e citava Einstein e todos os judeus famosos que conhecia. Acho que meu pai tinha inveja da confiança que minha mãe depositava em mim. E muito medo. Era advogado de acidentes de trânsito em Seattle. Começava nossas conversas relatando o valor dos processos médicos. Se ele estivesse vivo, teria infartado ao ver o valor do cheque que tive que pagar ao meu advogado.

Fui andar no Arboretum, lugar que me lembra Karen. Ela amava este lugar. No verão e na primavera, ficava lendo e tomando sol na beira do rio. Os esquilos aqui são mais arredios, e Karen lhes trazia amendoins. Hoje era um dia de inverno com sol, e as árvores faziam muita sombra. Os pinheiros deixavam seus frutos secos pelo chão. Rachel consegue distinguir a espécie de todos esses pinheiros. Para mim era tudo mesma coisa. Árvore de Natal. Senti frio. Tentei correr um pouco. Consegui por meia hora. Já é um bom começo. Fiquei ofegante. Precisava me desfazer desse 1,5 kg.

Senti alguém muito próximo, passou correndo, pisou numa poça e espirrou lama no meu abrigo. Assustei-me e quase caí no barranco enlameado. Era uma mulher toda encapotada com uma malha enorme. Segui-a, pensando em pará-la para reclamar, mas era difícil. Ela corria rápido. Desisti. Melhor assim. Ela poderia chamar a polícia, me imaginando um maníaco.

Quando fui buscar o carro, percebi que o Frankestein estava sentado em uma Mercedes prateada no estacionamento. Não havia visto Sally. Acenei.

Fui para o Labtech pensando em como evitar o almoço com Noah. Foi fácil! Ele não apareceu. Devia estar ajudando Sally na compra da casa. Trabalhei no meu projeto até as 16 horas e não parei para almoçar, mas a prestativa Miss Philipps me ofereceu um sanduíche de presunto de Parma com raiz forte, muito bom. Peguei uma coca diet na máquina. Dei uma olhada nas notícias... o site do Yahoo anunciava que Sally estava em Ann Arbor para uma cirurgia e foi vista saindo de um hospital. Deve ser um inferno essa vida de atriz. Lembrei-me das manchetes que saíram sobre mim. Eram estapafúrdias. Na época do meu indiciamento havia dois *stalkerazzi* me perseguindo. Eles se penduraram na árvore da inglesa enquanto eu tomava banho. No jornal, apareceu a foto dela com uma vassoura na mão agredindo um deles. "Paparazzo" é mosquito em italiano, aprendi naquela época. Fellini chamou um personagem de *La Dolce Vita* de paparazzo. O personagem era um fotógrafo que andava de moto, e assim ficou. Dependendo da celebridade, eles podem ganhar milhares de dólares por foto.

Alguns *paparazzi* foram indiciados pela morte da princesa Diana. Ela estava sendo perseguida por eles quando morreu naquele fatídico acidente de carro, mas seu motorista estava bêbado e havia usado cocaína. Ninguém foi considerado culpado. Hoje se sofisticaram, usam tecnologia avançada para trabalhar. São os *stalkerazzi*.

Claro que eu só fiquei famoso depois que minha história saiu na CNN. Até havia interesse da Court TV. Fiquei traumatizado. Por vários dias tive um carro de reportagem na porta de casa. Entendi por que os promotores são odiados pela população pobre. Eles esquecem a presunção da inocência, usam a imprensa contra você, e se o acusado não tem um bom advogado, cai nessa paranoia e histeria que eles chamam de júri. E pensar que eu desprezava a profissão de meu pai. Mas foi Mike, meu advogado, que salvou a minha pele. Eu estava quase assumindo a culpa, só querendo que toda aquela pressão psicológica acabasse logo, que me deixassem em paz, numa cela por 30 anos. Foi ele que me fez raciocinar de novo.

Agi como o Mike me sugeriu: não respondia a nenhuma pergunta de jornalista e não saía de casa. Aos poucos, a imprensa foi perdendo o interesse. Para minha sorte, na semana do julgamento, uma modelo famosa foi fotografada usando cocaína. Era uma notícia mais quente que o meu julgamento. A Court TV se desinteressou quando viu que a promotoria estava sem muita chance, e o custo da produção seria alto. Mike ficou desapontado, e eu, aliviado.

Ainda bem que meu pai já estava morto, pois suas previsões estavam certíssimas. Para pagar o advogado, usei toda a minha herança. Tive de vender a casa de Seattle e as ações que ele me deixara.

O júri era bem jovem. Inocentou-me por falta de provas. Uma jurada me encarava o tempo todo e chorou quando viu a foto que a promotoria mostrou: Karen fazendo o papel de Hérmia em *Sonho de Uma Noite de Verão*. Segurei-me para não chorar também. Estava me sentindo culpado, mas ao mesmo tempo não parecia que aquilo tudo fosse real, e, se fosse, não parecia ser algo que acontecesse comigo. Cair nas mãos de promotores que só querem se promover, detetives que investigam até seus hábitos de higiene, e encarar o júri foi um pesadelo, uma angústia interminável. Até hoje, só falo o essencial no telefone, escuta telefônica deixou de ser uma paranoia e virou realidade na minha vida: os detetives fizeram quase 200 horas de gravação durante a investigação, eu vi nos autos do processo. Não uso mais celular, pois é só mais uma forma de ser vigiado. Vivia em uma bolha persecutória prestes a explodir. Mike, meu advogado, me emprestou alguns livros para eu aprender a me comportar e evitar passar uma imagem errada ou arrogante para as pessoas. Li, mas não deu certo, tentei reagir, mas ficava totalmente estoico, congelado. Quando Mike quis usar alguns amigos do teatro de Karen para minha defesa, fiquei chocado, pois ele queria insinuar algum tipo de traição. Não permiti, era muito leviano. Se Karen me traiu, foi antes de ficar doente, com certeza, e que diferença isso iria fazer? As perguntas que me fizeram no julgamento eram sempre sobre as medicações, porque eu não parei de prescrever, porque tantas drogas, sei lá! Eu mesmo não sabia. Fui um idiota, inconsequente. Queria deixar tudo como estava, não atrapalhar meu caso tórrido com Tânia, e eu achava que Karen iria conseguir se tratar com Derek. A doença dela seria só uma má fase na vida, como uma tensão pré-menstrual mais demorada. Fui um idiota, cego e incompetente, burro e medíocre, concluí. Por fim bateu uma vergonha enorme quando percebi como havia me comportado. Só consigo conversar sobre tudo isso com Rachel. Ela concorda que fui cego, mas acha que a depressão de Karen era muito grave, ninguém conseguiria tratá-la.

Em um dos bolsos da calça, achei o cartão do professor Kepps. Clínica comunitária de Yipsilanti. Tinha pensado em dar para o Noah. Rasguei. Fui jantar no Zingerman's sozinho. Comi o cabrito que eles preparam cozinhando por 12 horas para ficar macio, mas é bem gorduroso. Agora que sou um corredor, fico mais tranquilo com meu peso.

Pela manhã, enquanto corro, sinto a mata cor de abóbora do Arboretum se fechando sobre mim. A lama já não é tão escorregadia. O cheiro do rio é forte, lembra vinagre. Acompanho um galho seco que desce lentamente.

Há patos barulhentos nas margens. Umas gralhas enfeiam a paisagem, parecem bruxas barulhentas, me lembram a morte. Está um dia lindo, mas bem frio. Paro para tomar fôlego e percebo as passadas de alguém correndo. Olho para trás. É a mal-educada enorme, novamente. Já ia falar alguma coisa quando ela sugeriu:

— Vamos pegar a trilha mais longa, Daniel? — Era Sally. Irreconhecível! Ri e comecei a acompanhá-la.

— Você coloca enchimentos para correr? Ficou enorme! — perguntei. Ela riu também.

— É uma roupa que faz perder peso e me livra dos *paparazzis*.

Explico a ela que *paparazzi* já é plural, mostro meus conhecimentos nesse tema. Fico sem fôlego, percebo que não conseguirei acompanhá-la e, para meu horror, ela se oferece para diminuir o ritmo. Corre há dez anos, é maratonista! Agradeço e digo que preciso ir trabalhar. "Rachel sai hoje do hospital, vai se mudar quarta-feira", Sally avisa. Ela fala tudo sempre gesticulando muito, e finalizando as frases com perguntas. Muito engraçada essa irmã de Rachel. Uma vez no começo da carreira parece que foi, meio altinha, a uma entrevista de televisão e deu respostas bizarras, ilógicas, contou histórias sem pé nem cabeça, e é claro que virou um clássico no Youtube. Será que ainda se droga? Não parece, corre bem rápido. Está em forma, mas ainda é bem agitada, será que são as drogas? Nossa, será que só tenho atração por mulher maluca?

Cheguei no Labtech, Noah se esparrama na minha mesa e está fazendo um barulho irritante batendo o lápis no vidro da janela. Parece nervoso. Miss Philipps o olha com desagrado. Ele me encarou e me intimou para um almoço. "Ok!", concordei. "Comida brasileira?", quase perguntei. Perdi a piada para não perder o amigo.

Havia me esquecido do *headhunter*, mandei um e-mail para mudar o horário, ele concordou.

No restaurante japonês, Noah pediu robatas, a garçonete encheu os copos de água. Pedi teriaki e sushi. O cozinheiro se exibia cortando as fatias de cebola redondas, depois as empilhava, e colocava álcool na chapa. De repente, saía muita fumaça do cume de rodelas de cebola. Um vulcão.

Noah esperou a garçonete anotar tudo e começou a explicar que saiu com Tânia por uns dois meses e a contar do jogo de futebol. Rachel desconfiou pelo cheiro da roupa, um perfume desses famosos que toda mulher conhece. Contratou um detetive e pediu o divórcio. Rachel estava doida para ser uma cega abandonada. Foi difícil por um tempo, mas a convenceu de que a amava. Só estava se sentindo meio pressionado pela rotina, impotente com tantos problemas, etc., etc. Tudo não havia passado de uma aventura. "Não contei antes porque achava que Tânia é quem deveria ter contado, não eu. Você não acha?",— perguntou, quase implorando por uma resposta. "Ok!", concordei, sem perguntar mais nada. Mas Noah continuou: "Rachel me avisou de que conversou com você sobre meu caso com a Tânia, mas não foi por maldade. Ela achava que você já sabia.

Não olhei para o Noah, e ouvi toda a história de cabeça baixa, explorando meus sushis, morto de ciúmes. Não comi. Quis falar alguma coisa, mas a imagem de Tânia com Noah parecia uma perversão, me enojava. Não sei como Rachel pôde perdoá-lo. Falar o quê? Fiquei calado. Paguei a conta e fui ao encontro de Douglas, o *headhunter*, ouvir propostas novas de emprego.

Douglas tinha ótimas novidades. A verba que consegui para o Labtech teve repercussões muito positivas. Ele disse que todo mundo sabia que o projeto era meu e que toda a loucura do julgamento estava aos poucos sendo esquecida. Havia duas propostas melhorzinhas que o Havaí: Arizona e Colúmbia para o ano que vem! Fiquei de pensar e dar uma resposta em 30 dias. Não pensei mais no assunto, mas pedi à Miss Philipps que aceitasse aquele convite para o congresso em São Paulo. Vou conhecer a metrópole de Tânia em janeiro.

Maria, minha empregada, me contou animada que Anna vai ajudar Rachel na casa nova, depois da escola. "Vai ser bom para Anna, pois acho que ainda não conseguiu esquecer a morte da sua esposa... elas eram muito amigas." Rachel havia ligado para combinar tudo. Eu concordei, e expressei minha opinião: Rachel é a pessoa mais sensata que eu conheço, com certeza vai ajudar sua filha. Maria concordou, já tinha percebido isso quando viu o formato das mãos de Rachel, falou: "Eram filosóficas". Fiquei curioso, o que isso queria dizer? "A palma é retangular, os dedos são longos, as juntas bem marcadas, é uma mão de quem tem sabedoria."

E a minha mão, Maria? Perguntei mais curioso ainda. Ela olhou e revelou : "É uma mão mista", e rapidamente mudou o assunto, sem explicar o que isso queria dizer:

"Posso jogar o camarão fora? Já está cheirando mal", justificou. "Compre sempre menor quantidade, peixe descongelado é um perigo!". Eu agradeci entusiasticamente. Ela nunca foi de falar muito. Era mexicana, muito magra, tinha o *green card.* Trabalhava para nós desde que havíamos nos mudado para Ann Arbor. Karen achava que Maria era um pouco desleixada com a limpeza, cheirava a cigarros, mas a adorava porque ela era muito silenciosa, discreta. Claro que o depoimento de Maria me ajudou bastante no julgamento; ela testemunhou que sempre via muitas caixas de remédios escondidas no lixo ou nas gavetas. Sabia que Karen se consultava com vários médicos, até de outras cidades, para conseguir receitas. Contou que às vezes ia com Karen até Detroit porque a patroa tinha medo de ir sozinha, sempre para buscar mais remédios. Ela pedia para Maria não comentar nada comigo. Karen era viciada em vários tipos de remédios e tinha manias persecutórias quando não os tomava.

Maria foi a primeira pessoa que falou essas palavras no julgamento. Lembrou que tudo foi piorando muito rápido, e que Karen, em vez de ir ao psiquiatra, ficava em casa escondida. Anna sempre contava que Karen dava conselhos estranhos para ela, e uma vez Maria teve que intervir, porque Karen mandou Anna ter cuidado "porque as mães eram sempre muito maldosas!". Qualquer dia desses vou indagá-la sobre o significado de ter uma mão mista. Se a quiromancia pode prever ou explicar meu destino, preciso saber. Minha mãe gostava de consultar o Tarot, e vi muitas previsões acontecerem com ela, como a sua morte precoce. "Eu não creio em bruxas, mas que ela existem, existem." Lembrei da frase que Sylvia vivia falando para justificar seu misticismo.

Vou dormir cedo, quem sabe amanhã consigo acompanhar Sally na corrida.

Tive um sonho erótico com uma pessoa que queria me amarrar, ficava sussurando nos meus ouvidos palavras que ia achando em um dicionário. Alertei a mulher que trepava comigo de que não era fã de sadomasoquismo. Ela não parecia com Tânia, era gorda, tinha o mesmo nome e também falava mal inglês. Pesadelo erótico? Melhor ficar acordado! Alguém devia inventar uma pílula que produzisse sonhos eróticos. Iria ficar milionário.

CAPÍTULO 7

"Serei sempre o que não nasceu para isso;
Serei sempre só o que tinha qualidades;
Serei sempre o que esperou que lhe abrisse a porta
ao pé de uma parede sem porta..."

Fernando Pessoa *(Tabacaria).*

Há um e-mail de Noah. Vão fazer um jantar para Sally na sexta, ele não vai cozinhar aqui em casa. Mas é claro que estão me esperando também, já na casa nova. Quer tocar a vida, esse meu amigo, como se nada houvesse mudado. Me lembrei de que havia sempre um silêncio quando eu falava sobre o Noah com Tânia. Posso apostar que ela gostou mais do Noah, os dois conseguiam se comunicar em espanhol. É culto, coleciona os filmes de Woody Allen, adora cozinhar. Tânia com certeza me usou para esquecê-lo. E eu a usei para esquecer a minha esposa deprimida. Na caixa de correspondência há mais três pedidos de doação mensal, já contribuo mensalmente para duas entidades, mas, se colocam no panfleto foto de criança passando fome ou doente, é apelo infalível para mim: não resisto e tenho de fazer mais uma caridade. Karen me gozava... ela achava que só podia ser algum tipo de trauma de infância. Claro que é. Meu pai era órfão e fazia questão de me lembrar de como eu tinha sorte por ter pai e mãe.

Corri sozinho no Arboretum. Meu fôlego já estava bem melhor, mas me senti um pouco desapontado. Onde estava Sally com seu disfarce de mulher gorda?

No Labtech vi que Carl está diferente, parece mais novo, acho que fez plástica ou *botox*. Agora que é um homem público quer parecer mais jovem. Acho que ele pinta o cabelo. Envelhecer é uma crueldade para quem é vaidoso... e como acontece rápido! De repente somos um rosto cheio de rugas e os cabelos estão brancos, a ponta do nariz cai. E o coração envelhece mais rápido ainda, inexoravelmente, perde células importantes que produzem seu sincronismo, ou então os seus vasos e válvulas se enchem de calcificações. "É, Dr. Carl, temos que inventar um *botox* para o coração." Falo alto para ele e ele sorri, me olhando sem entender nada.

Fui jogar *squash* à noite. Leo, o treinador, elogiou minha performance. Estava cansadíssimo quando cheguei em casa. Cochilei ainda com a toalha no corpo. Até que enfim tive um sonho agradável... eu ainda criança e acompanhava meu pai e minha mãe; revivi o programa que sempre fazíamos aos sábados, passeávamos em um mercado de frutas e verduras perto de nossa casa, só que, no sonho, meus pais se sujavam, se lambuzavam satisfeitos, comendo frutas deliciosas. Estavam sorridentes, minha mãe tagarelava o tempo todo, e eu todo orgulhoso com minha fantasia de pequeno príncipe que usei no Dia das Bruxas no jardim de infância, morrendo de vontade de comer aquelas frutas, mas não querendo sujar a minha roupa. Foi um sonho até bom, relembrar minha mãe tão bonita, orgulhosa, é reconfortante, e percebi como sinto falta dela. Não precisava morrer tão cedo! Adoraria presenteá-la com os vestidos de *designer* que ela sempre amou.

O telefone me acordou, olhei o relógio: ainda eram 23 horas. Era Sally.

— Noah me garantiu de que você dorme tarde, por isso liguei. Não vá deixar de aparecer no jantar, não é? Quero tirar a péssima impressão que você tem de mim. Fui muito grosseira no primeiro encontro e violenta no segundo.

— E ausente no terceiro —, completei para ela. Sally riu alto.

Eu perguntei por que ela não correu hoje.

Disse que estava se poupando para uma maratona em Los Angeles, e iria diminuir o ritmo até lá. Perguntei se ia disfarçada com aquela roupa de gorda. Ah! Tive um *insight* de repente, agora já sei quem era a mulher do sonho erótico da noite anterior. Ela negou.

— É claro que não! É bom para a minha imagem pública participar dessas competições. E é em prol de uma causa que eu apoio. O problema é que Frank vai ficar em Ann Arbor para continuar um tratamento, e me sinto desprotegida sem ele.

Perguntei se ele se tratava da acromegalia, ela disse que sim, surpresa com meu diagnóstico. Havia se esquecido que frequentei realmente uma faculdade de Medicina, e me imagina um executivo de pesquisa. Não errou muito, concordei. Comentei sobre a manchete que vi no Yahoo. Sally explicou que seu RP faria um desmentido noticiando o acidente de Rachel. É claro que ninguém iria acreditar. O show business é assim. A mentira vende mais. Ficamos batendo papo, ela tagarelando e eu só precisava assentir de vez em quando; perguntei sobre a sua carreira, ela falou rápido que colaborou na produção nos dois últimos filmes que fez e quer dirigir um documentário sobre mulheres viciadas em máquinas de jogos de azar. Estão na fase de pesquisa para a roteirização, e já têm dois patrocínios. "A carreira de atriz tem altos e baixos, a idade é implacável na tela grande e há muita exposição", Karen me explicou. Ela quer ter mais linha de frente de trabalho para os próximos anos. Perguntei sobre o namorado, percebi que houve uma desconversa. Quis saber o que eu fazia nos fins de semana, se tinha um hobby. Fui sincero. Falei que não. Gostava de música, mas não guardava muita informação sobre isso. Jogava *squash* mais para manter a forma, lia uns livros policiais e só. Tinha poucos interesses. Até para mim tudo isso pareceu monótono demais. Brinquei que "minha psicanalista cega, mas que enxerga tudo", concluiu, em uma sexta-feira regada a vodka, que devo estar no estresse pós-traumático da adolescência. Ela ouviu em silêncio, e não disse nada. Perguntou se gostava de comer bem e eu disse que sim, mas que também era capaz de passar com qualquer coisa.

— Daniel — ela me perguntou —, você já calculou quantos dias faltam para sua vida acabar, se você viver até os 90 anos? Para mim faltam 18.250. Desculpe-me a sinceridade, mas você está esperando o quê? Jesus?

Despedi-me. Nada mal para um quase quarto encontro. Quantos anos ela tinha? Dormi tentando calcular.

Pela manhã fui agradecer à vizinha, Margareth, que tirou as folhas da minha calçada. Que vergonha, uma mulher com mais de 60 anos tem menos preguiça do que eu. Levei uma caixa de chocolate belga e um livro sobre meditação que achei na Borders, sabia que Margareth fazia yoga ou algo parecido. Ela me convidou para um café. Contou, com sua voz paciente, que morava havia 30 anos nos Estados Unidos, após se casar com um americano. Foi professora de Filosofia e se tornara budista após ficar viúva. Adorava viajar. Tinha uma filha e duas netas em São Francisco, e ainda era voluntária num projeto de ensinar Filosofia para adolescentes, na *High School*. Eu ouvi tudo em quase silêncio. A voz dela já me deixara relaxado, deve ser bom chegar a essa idade com toda essa sabedoria. Eu não tinha muita coisa para contar. Falei dos jantares que fazia com Noah na sexta-feira e a paixão dele por cozinhar.

Prometi convidá-la para um próximo jantar. Ela riu, disse que não cozinhava nada, era péssima cozinheira, como toda boa inglesa que se preze, e foi mal acostumada pelo marido, que cuidava das tarefas da casa. Compra tudo pronto e usa louça descartável. Detesta lavar louça. "É uma perda de tempo, não acha?", Margareth me perguntou com um olhar meio cúmplice. Eu concordei. Aceitei mais um café, a conversa com ela é inacabável, o tempo dela tem outra dimensão, não tem pressa de falar nada, a ansiedade de terminar, esgotar um assunto logo. Falei que sou ignorante em Filosofia. Ela disse que somos dois então. Quanto mais lê, menos sabe. Publicou um livro quando era bem mais jovem, e diz que tem vergonha quando descobre alguma referência a ele. "Ninguém nunca vai me superar na mediocridade daquela teoria superficial, recalcada. Hannah Arendt fez uma crítica feroz. Na época, eu queria me suicidar, não saía de casa depois de tantas críticas ruins." Margareth gargalhou, se lembrando do fracasso. "Hoje já superei, foi bom para baixar minha bola... eu era presunçosa demais; hoje teria sido até mais bem aceito, com tantas correntes filosóficas alternativas." A casa dela era bem minimalista, chique sem excesso de mobílias, mas havia livros e mais livros espalhados no canto da sala e até em cima de uma mesa pequena de jantar. Me sentei em um sofá enorme, vinho, que me lembrou algum designer famoso, e vi só mais duas cadeiras *bertoin* na sala. Dois porta-retratos a mostravam posando com as netas e a filha, e só. Queria ter esse senso de despojamento, a sala lá de casa parece um *stand* de vendas de uma loja de decoração barata. Eu e Karen fomos acumulando móveis sem estilo algum, só pela aparência e funcionabilidade. Um decorador teria um chilique quando visse aquele amontoado de mobília, com uma cabeça de cervo empalhada coroando o mau gosto. Era uma recordação de uma peça de teatro da qual Karen havia participado, e desconfio que nem é de verdade.

Foi engraçado quando fui descrever a sala para Rachel, que é arquiteta, e ver que ela não conseguia evitar a cara de decepção e ojeriza. Rachel me deu o cartão de uma amiga decoradora, no final da conversa.

Folheei dois livros abertos na mesa do café da casa de Margareth, e vi vários jornais. Mais uma mulher inteligente para me fazer sentir desinteressante. Tem um piano grande na outra sala... perguntei se ela tocava e a vi se dirigindo ao piano. A acompanhei e, em plena manhã, ouvi uma música relaxante; ela me ensinou que era um concerto para piano de Mendelssonn. A convidei para ir a um concerto da filarmônica de Nova York no Arbor Hill no mês que vem, ela topou. Vou comprar os ingressos, avisei. Adoro ver a reação das mulheres quando as presenteio, fazem a mesma cara de felicidade incontida que minha mãe fazia.

"Deve ser bom ter um talento assim, não?", perguntei a Margareth. Ela riu. "Não sou talentosa, sou esforçada. Talento é uma injustiça que a natureza comete com algumas pessoas, pois deixa as talentosas em mais vantagem do que outras, não acha?" Margareth me perguntou enquanto fechava o piano e concluiu "e também tive uma mãe inglesa disciplinadora". Eu nunca tinha pensado assim. Então sou um dos que saíram perdendo, não tenho talento nenhum.

O trânsito na avenida Washtenaw estava extraordinariamente pesado; havia o movimento do *rush* duplicado por causa de um acidente com uma *pick-up* e um carro pequeno. Vou enrolar um pouco na Barnes e Noble para esperar esse trânsito melhorar. Fico aliviado em ver que já havia equipe de socorro no local do acidente, o que eu, mesmo sendo médico, pouco posso ajudar em uma situação dessas, sem qualquer equipamento no meio da rua. Melhor evitar essas situações.

Achei na livraria um *audiobook* para Rachel, e peguei também dois livros policiais, Laurence Block e Fred Vargas. Decidi ficar ainda com um Philip Roth. Tinha visto um filme sobre este livro estrelado por Anthony Hopkins: era a história de um professor que esconde um segredo. Não me lembrei do título dessa obra, acabei comprando um outro, *Lição de Anatomia*. Alguma coisa sobre Medicina.

Anna sem me encarar abriu a porta da casa nova, e com sua voz inaudível avisou que todos estavam na cozinha. Não consegui entender, mas ela me mostrou o caminho, achei que estava com pressa, já de saída, mas ela se sentou no sofá e colocou os *headphones* nos ouvidos.

Nunca foi de muita conversa comigo, essa mocinha. Karen a adorava, sempre falava com admiração da criatividade e do romantismo dessa menina. No julgamento, parecia amedrontada, visivelmente abatida. Seu testemunho não acrescentou muita coisa a mais que o depoimento de sua mãe. Maria comentou há alguns dias que está preocupada com a apatia da menina, ela tem falta de apetite e insônia, está perdendo aula. Elas não têm seguro-saúde, estão fora do sistema. Falei sobre a clínica popular para a Maria, que ela já conhecia, mas imaginava que era só para vacinas, e a vi mais esperançosa, vai tentar convencer Anna a ir até lá.

Ouvi a gargalhada de Sally e segui o som. A gata gorda superalimentada de Rachel arranhava as unhas no tapete persa enquanto o gato cinza fingia não se importar. Fugiu ao me ver.

— Daniel, que bom que você veio. — Foi Sally quem me viu primeiro e abriu um sorriso. Estava com uma malha vinho bem decotada e um jeans marrom colado no corpo. Fiquei pensando em como se canta uma atriz famosa. Presentes e elogios? Elogiei a performance dela na corrida. Rachel se levantou, e fui em sua direção e a beijei. Entreguei-lhe o *audiobook*, explicando o que era. Ela agradeceu, e eu brinquei dizendo que havia comprado um igual para ouvir no carro: não podia perder tempo, pois só tinha 17.896 dias... Ela caiu na gargalhada.

— Sally também andou contando seu tempo de vida até os 90 anos... — concluiu Rachel.

— Eu sempre peço para ela calcular até 75, acho mais realista. Nossa mãe morreu com essa idade. Ela aprendeu essa filosofia de autoajuda na reabilitação. — Sally fez uma cara de culpada, mas foi logo esclarecendo:

— Fui para reabilitação há dez anos e, depois que comecei a correr, nunca mais precisei de anfetaminas. Não assuste o Daniel... Já teve problemas demais com mulheres neuróticas. Oops! Desculpe! Falei demais de novo...

Eu fiquei fingindo achar tudo engraçado e resolvi desanuviar o ambiente. Avisei que iria ao Brasil em janeiro. Noah olhou para mim com interesse.

Irei a um congresso sobre células-troncos em São Paulo, e vou aproveitar para conhecer a Floresta Amazônica também.

— Legal, Daniel, eis um passeio para quem enxerga.

Rachel começou a falar empolgada:

— Fui à Amazônia na época da faculdade de Arquitetura, e foi inesquecível! Passei a fazer todos os projetos paisagísticos com plantas tropicais — disse Rachel. — A Amazônia é uma catarse, uma luxúria. Tenho vontade de voltar lá só para ouvir os sons e sentir o cheiro da floresta. Fizemos uma caminhada de um dia a pé na mata, e encontramos aldeões que vivem isolados, vivendo só dos recursos da floresta, da extração de frutos do açaí, usando ferramentas primitivas e dormindo em redes. Gente que crê no ditado "qualquer metade é o dobro do nada!".

Sally disse que já tinha ido ao Rio de Janeiro, no carnaval, e a uma cidade pequena de praia, muito bonita, chamada Búzios. São Paulo não conhecia. As duas falavam muito, tagarelavam, e eu e Noah só assentíamos.

A comida parecia deliciosa. Noah explicou que era *steak angus beef* com molho reduzido de romã, grelhava a carne dos dois lados e me fez provar o molho já pronto. "Perfeito!" Falei alto, aliviado porque não era camarão.

Fiquei ouvindo aquelas pessoas conversarem sobre filmes, livros, viagens. Tentei me lembrar de alguma coisa interessante para dizer, mas não consegui.

Sally era faladeira, mas sabia ouvir as pessoas, tinha uma autoironia contando suas histórias de Hollywood. Seu celular vibrou uma vez e ela saiu para atender. Estava preocupada com Frank, que teria de fazer um tratamento cirúrgico! Tinha um tumor benigno na hipófise que causou a acromegalia, e vai ficar internado para fazer mais exames.

"Sou totalmente dependente dele", admitiu sem culpa. Sally quis saber como eu me divertia nos fins de semana. Antes que tivesse de revelar toda a minha falta de programação para o sábado, resolvi convidá-la para correr. Ela aceitou! Mas avisou que teria que passar no hospital para ver Frank. Me ofereci para acompanhá-la, certo de que ela não toparia, com medo dos *paparazzi*. Para minha surpresa, disse sim. Outra visita em um hospital vai me deixar impregnado com aquele cheiro de iodo e água sanitária. Comi as frutas vermelhas com *heavy cream*. Observei Sally preparar o café. Ela gosta de café como sobremesa: fraco, com açúcar e creme.

Fui embora pouco depois de conhecer a casa, que não tem escadas, é bem arejada e tem um atelier enorme para Rachel. Foi desenhada por John Dinkeloo e Kevin Roch, e é bem mais nova que o palacete centenário.

Tentei ler, antes de dormir, A *Lição de Anatomia*, do Roth, pensando em ter algo para conversar com Sally no dia seguinte. A história é inconcebível. O cara é um escritor, desiste de escrever e vai para Universidade de Chicago para fazer Medicina, depois de velho. Quer ser obstetra para tentar curar suas neuroses e uma dor crônica psicossomática. Impossível! Na faculdade se adquire neuroses.

Quando estava na faculdade, durante a visita médica, ao ver um caso de erisipela, tive que sair para vomitar. Era a perna de uma mulher muito gorda, coberta de pústulas, a pele estava vermelha como uma amora e exalava um cheiro de podridão horrível.

O residente-chefe me escalou para fazer todos os curativos daquela mulher. Eu desejava todas as noites que ela morresse. A infecção da perna foi melhorando, resolvi fazer dois curativos por dia para adiantar o processo, mas nada! O cheiro não melhorava. Cinco dias depois, ela já conseguia ficar de pé e vi a enorme escara no sacro. Ela nunca havia se queixado daquela ferida. Fui advertir a enfermeira de que não havia me descrito nenhuma outra ferida. Lembrei a ela que a rotina era chamar os cirurgiões plásticos e respirei aliviado. Me livrei finalmente daquele caso. Dois dias depois a paciente morreu de septicemia na UTI, após a limpeza cirúrgica da escara.

Já eram 8h30 quando encontrei Sally na porta do quarto; estava com a roupa de mulher gorda e parecia um pouco preocupada: Frank teria realmente que ser operado do tumor da hipófise.

Corremos por uma hora, ofereci uma carona e ela disse que queria tomar um café na minha casa. Demorei quase 40 segundos para entender. "Ok", respondi. "Com açúcar e creme."

Foi até engraçado vê-la se livrar daquela roupa horrível. A banheira era pequena, apertada, decidi tirá-la dali. Estava realmente louco para agarrá-la. Minha cama estava arrumada. Agradeci por ser sábado, um dia que Maria não trabalhava.

Sequei-a com uma toalha grande, macia, e a beijava em todos os lugares tentando não pensar muito em como seria um beijo aceitável para uma estrela de cinema. Percebi que ela gostava de ser manipulada. Apliquei a fórmula infalível para todas as mulheres: força e leveza com ritmo e intensidade, e a vi gozando enquanto a acariciava. Procurei por uma camisinha na gaveta. Me excitei com aquele perfume delicioso, que tinha um toque de jasmim. Era uma sensação de prazer que há muito não sentia. Um total desligamento da realidade, me emocionei e finalmente gozei. Ela me pareceu passiva, quieta, e quando saí de cima, Sally já me encarava séria e perguntou: "Quem é Tânia?".

Fui fazer o café doce com creme pensando na resposta certa para dar. Mas acabei falando quase tudo. Fui sincero. Falei sobre Tânia, a coincidência do perfume das duas, até da Debbie e sobre minha culpa em relação a Karen.

Ela ficou quietinha como nunca há havia visto, tomando o café e enrolando o cabelo com dois dedos. Quando me calei, Sally falou, me encarando com seus olhos verdes, que eu parecia ter realmente gostado da Tânia. "Parece ter sido uma paixão meio adolescente, fora de época; e para curar essa dor de cotovelo, só uma outra mulher, que com certeza não sou eu ou a Debbie. Daniel, você precisa de alguém mais duradouro, sério."

Nos despedimos e tive a sensação de ter falado demais.

Fiquei fissurado durante a semana, procurando notícias de Sally em todas as revistas e sites de fofocas de celebridades; telefonei para Rachel para saber mais sobre a irmã dela, mas só consegui saber que Sally estava fora do país. Rachel resumiu um pouco a história das duas em um sábado, quando levei uma torta de nozes pecan do Zingermans para suborná-la com todo aquele açúcar. Me contou que a mãe das duas ficou viúva, mas se casou logo depois; Sally só tinha dois anos e foi criada pelo padrasto como se fosse filha. Rachel nasceu dois anos depois do casamento. As duas sempre formaram uma dupla de louras fatais, em Michigan, mas Sally foi fazer teatro com 17 anos em Nova York, e em três anos ficou muito envolvida com o mundo de *glamour* do *show business*, pois fez sucesso muito rápido com seu primeiro filme e cometeu o erro esperado para uma atriz deslumbrada e tão jovem: se envolveu com o "galã inglês mais velho e casado", provocando um "escândalo de capa de revistas". Os *paparazzi* passaram a persegui-la, e, com toda aquela exposição, a deixaram mais famosa. Estava apaixonadíssima, e terminou o relacionamento pois a mulher do ator estava grávida de gêmeos. Sally não aguentou tanta pressão, tinha que se manter magra, talentosa, linda e se mostrar feliz o tempo todo. Com a ajuda de Rachel conseguiu sair do fundo do poço quando estava dependente de anfetaminas. Rachel acha que desde aquela desilusão nunca viu Sally se apaixonar por mais ninguém, embora tenha se casado e descasado três vezes. Teve um casamento recorde que durou 24 horas. Rachel me confidenciou que Sally acredita que a paixão, para ela, é igual ao álcool e drogas, a torna insana, e, como é compulsiva, não pode nem experimentar.

Rachel garante que tudo é uma bobagem que Sally vai ultrapassar um dia, e que tem muito a ver com a sua primeira desilusão e história de ser filha órfã de pai.

Vejo Rachel comendo enquanto me conta tudo isso, ela usa uns talheres especiais e tem cuidado para não colocar as mãos direto na comida, mesmo assim sempre acontece alguma bagunça, por isso só aceita sair para restaurantes se for para comer sushi. Já rimos algumas vezes depois de alguma refeição, quando conto o resultado final na mesa e no chão da cozinha. Hoje foram só dois copos entornados de suco de uva. Ela disse que está melhorando, e eu concordo, pois já tivemos desastres maiores quando ela estragou o vestido de Karen com molho da carne, e o bife foi parar direto no meu colo, em um jantar de gala beneficente. Fiquei curioso com o conteúdo dos sonhos de Rachel, e não tive vergonha de perguntar. Ela me revelou que tem sonhos normais, e é esta uma das melhores horas do dia, porque tem a sensação de que voltou a enxergar. Frequenta uma escola para cegos, mas se acha desorganizada demais, estabanada, para aprender alguma coisa. "Você tem esperanças de enxergar um dia?", perguntei. Rachel me respondeu com um silêncio demorado, muito raro, nas nossas conversas. Não é uma mulher que gosta de demonstrar sofrimento, comiseração. Muito racional, encara a vida sem questionar muito, disse que só tem medo é de sentir dor, e agradece todo dia por ter uma doença que não provoca dor. Rachel se acha capaz de conviver com as dificuldades como 37 milhões de cegos no mundo. Já tentou usar um cachorro ensinado, ela riu contando, e foi uma catástrofe quando o animal destruiu duas de suas esculturas mais trabalhosas, talvez por medo, ou por ser um bom crítico de obras de arte, eu repliquei. A partir daí decidiu por um gato indiferente que só destrói tapetes persas e uma gata que a faz cair escada abaixo.

Confidenciou já no final da tarde, quando já tínhamos bebido umas quatro cervejas, que Noah neurotizou a doença dela, está obcecado, não enxerga o óbvio, estão em total bancarrota econômica com todo o custo dos tratamentos. Agora, a cura da doença parece ser mais importante que o casamento deles. "Deveríamos aceitar a cegueira, conviver com tudo isso, não? O que você faria se estivesse no lugar de Noah?" Me surpreendi com a pergunta, tão direta, não sabia o que responder. Eu, no lugar de Noah? "Não sou um bom exemplo, olha como cuidei da doença de Karen", respondi, e ela insistiu: "Mas e agora?". "Acho que respeitaria as suas decisões, Rachel." Respondi depois de divagar um pouco. Aprendi com minha mãe a não questionar as razões e a opinião de uma mulher, a valorizar a intuição feminina e evitar brigas desnecessárias.

Ou seja, ela me educou para ser um covarde. Rachel riu da minha análise medíocre.

Esse tempo todo, quase uma semana e não tive notícias de Sally. É uma mulher ocupada, ou será que ela já desistiu de mim? Maldita hora em que falei demais!

CAPÍTULO 8

"Crer em mim? Não, nem em nada. Derrame-me a
Natureza sobre a cabeça ardente
O seu sol, a sua chuva, o vento que me acha o cabelo."
Fernando Pessoa *(Tabacaria).*

Janeiro chegou e fiquei até aliviado por fugir do frio de Ann Arbor, mas foi um choque ao sair do avião no aeroporto internacional de Cumbica e sentir aquele calor todo. Ainda eram 7 horas da manhã. "O aeroporto fica a 30 minutos da cidade. Se o trânsito estiver fluindo bem", avisou-me o motorista.

Fui vendo a cidade aparecendo, era tudo muito desordenado, havia pichações em quase todos os prédios e viadutos. Parecia não haver qualquer planejamento urbano e construções decadentes conviviam com obras arrojadas, modernas. Abri a janela, senti um cheiro de esgoto vindo do rio que seguia a avenida expressa. As motocicletas pareciam enxames de abelhas e não respeitavam as faixas. Meu motorista parecia estar acostumado com aquele caos e tinha um bom inglês. Já tinha morado em Miami, comprou a licença do táxi com o dinheiro que ganhou nos Estados Unidos. Perguntei se ele conhecia um bairro chamado Vila Madelene, e ele disse que era Vila Madalena, consertando minha pronúncia, mas não era caminho para o hotel. Não me importei. Queria conhecer o bairro onde Tânia morava. Ele foi me mostrando os pontos turísticos, e até uma favela. Várias casas improvisadas de papelão ou feitas com material de sucata se empilhavam umas sobre as outras. Vi crianças bem pequenas, descalças, brincando entre os carros e vendendo balas. O trânsito era moroso, o motorista avisou que o nosso trajeto duraria pelo menos uma hora. Um homem puxava uma carroça enorme, cheia de lixo. Depois de 40 minutos chegamos a um bairro mais rico, urbanizado, vi um prédio roxo e rosa, muito bonito, com uma arquitetura surpreendente. A vila de Tânia era perto dali, parecia um bairro de artistas, como o Soho, em Nova York. Havia galerias de arte e ateliês, muitos restaurantes e bares.

O motorista me deu o cartão e ofereceu um turismo noturno, em lugares seguros, mas com diversão garantida.

Fui recebido no hotel por dois organizadores. Me avisaram sobre um jantar pré-congresso. Decidi ir.

Vi alguns jornais no lobby do hotel. Procurei o nome de Tânia nas reportagens assinadas e não encontrei.

Daria a palestra no sábado pela manhã e participaria de uma mesa redonda no domingo. Segunda-feira viajaria para Manaus, e já prevendo o calor da floresta, pensei em comprar mais camisetas. A recepcionista me orientou a ir a um shopping center, tem mais segurança. Essa palavra parece um mantra por aqui, todo mundo quando quer elogiar um lugar, exalta a segurança dele, não só sua beleza ou exotismo.

No jantar, conversei com dois americanos e um canadense. Já os conhecia de outros congressos.

Fiquei impressionado. A comida era um bufê com vários tipos de carnes e linguiças no feijão preto: Feijoada. Provei a caipirinha que o garçom me ofereceu. Uma bebida destilada da cana-de-açúcar, chamada cachaça, era misturada com açúcar, limão verde cortado e espremido, e gelo. Muito bom! Noah tem que conhecer este lugar para ver essa fartura de frutas, legumes e aprender a fazer a feijoada. No restaurante, vi duas mulheres bonitas, morenas, sorridentes, que faziam uma demonstração de samba, vestidas com fantasias mínimas de carnaval. Me lembravam Tânia.

Quando saí da mesa, não precisei me virar para saber que era ela. Senti o seu perfume doce.

Magra, com uma saia bem curta, a pele mais bronzeada, irresistível. Ela me deu dois beijos, nos dois lados do rosto, bem efusivos, como é o costume dos brasileiros. “Daniel, soube que você era um dos convidados e não resisti em te encontrar.”

Falou meia hora sobre sua gravidez, seu quase casamento que não deu certo, a menina, que se chama Clarice, seu emprego.

Eu fiquei vigiando os movimentos dos lábios de Tânia, esperando que acabasse de falar. Sempre foi difícil me concentrar no que ela falava. Perguntou se eu havia visto a foto da criança no e-mail, menti que não.

Falei que havia conhecido a Vila Madeleine. Ela balançou a cabeça, duvidando, e explicou que para conhecer a Vila Madalena "precisa andar a pé, com calma; entrar nas galerias, passear na feira e comer a feijoada da Lana!". Quis saber como eu consegui me refazer depois do julgamento. "Soube da foto de Milão." Não sabia como eles tinham conseguido. Expliquei que os detetives são competentes.

Falei dos meus planos de ir até a Floresta Amazônica, e Tânia gargalhou. "Você vai sofrer com o calor..."

Fiz a pergunta inevitável. Ela ficou comigo pra esquecer o Noah?

Tânia contou que quando chegou em Ann Arbor estava tentando esquecer um brasileiro, pai da Clarice. Haviam reatado logo que ela voltou dos Estados Unidos, mas novamente estavam separados. É uma relação tumultuada, não conseguiu ficar com ele também. Noah foi um caso muito rápido, falou sinceramente. "Você sempre deixou claro que eu era só uma amante por seis meses. Não gostava de ouvir planos para o futuro. Havia uma esposa doente, uma vida real que não me incluía. Não dá para se ligar a alguém assim, Daniel." Tânia sorriu delicadamente e citou Fernando Pessoa, um escritor português 'Amar é cansar-se de estar só: é uma cobardia portanto, e uma traição a nós próprios (importa soberanamente que não amemos)!'. Em "Ann Arbor não me parecia que você quisesse amar alguém".

Então era isso, pensei em discordar, mas me calei.

Nos beijamos, foi quase um *déjà-vu.* Foi bom ouvir que também não era o Noah que ela queria esquecer. Pensei em Karen e me senti culpado. Sally falou que eu precisava de algo duradouro, maduro, e Tânia seria uma paixão adolescente. Fico atordoado, e quando acariciei seus cabelos negros revivi nitidamente as imagens de Karen e Sylvia. Revelador. Sou um complexo edipiano ambulante. Despedi sem combinar nada. "Adeus, Tânia."

Fui correr em um parque enorme, bastante frequentado, perto do hotel. Há um lago e vi que tem dois museus em prédios com uma arquitetura bem arrojada, moderna. Vou tentar conhecer amanhã. Mas antes vou às compras.

Liguei para o taxista, e ele me levou a uma boate enorme de *striptease*, parecia um cassino cheio de estátuas gigantes que reproduziam máscaras africanas. Bebi mais duas caipirinhas e fiquei vendo as piruetas sensuais de uma das moças no palco. Era morena, sorria mostrando uns dentes grandes, rolava pelo chão com seu biquíni revelador provocante e levantava as pernas torneadas como as de bailarina, fazendo uma letra vê. Agilmente a vi sair do chão com um salto, sorriu para mim novamente enquanto empinava e retirava o *soutien* mostrando os seios com auréolas enormes, lindos. Veio falar comigo quando acabou, e estranhei sua voz delicada, infantil, que contrastava com sua atitude provocativa, libidinosa. Mas ela repetia "good, good" para tudo que eu falava, que logo decidi e propus levá-la para o meu hotel. Ela concordou: "good, good, good". No quarto, a moça encheu nossos copos com uísque... eu já me sentia bebado, bebi sem vontade, e comecei a me preocupar com a ressaca do dia seguinte. Na cama, me ofereceu seus peitos enormes, examinei mais de perto, vi estrias, e uma pequena cicatriz, e apalpei o silicone, curioso. Sem perceber, a segurei com tanta força, que ela reclamou alto e mostrou indignada as marcas nos punhos. Empurrei seu rosto contra o travesseiro. Não deixei que ela se virasse enquanto a penetrava. Pedi para ela repetir meu nome. Puxei seu corpo para perto de mim e a penetrei com mais força, sem ritmo, quase desesperado. Queria que ela gemesse de dor. Estava muito bêbado, acabei logo, pedi desculpas. Ela riu alto. A moça disse que estava acostumada com os psicóticos da noite. Quis mais 100 dólares.

A Floresta Amazônica me surpreendeu diante da explosão de cores dos pássaros, vi sapos barulhentos enormes e as flores pareciam se espalhar por toda a mata em volta do meu quarto. Meu hotel era suspenso em árvores. Na lagoa havia flores aquáticas redondas, gigantes, que lembravam as esculturas de Rachel. Acordava com os macacos gritando. O céu parecia ter muito mais estrelas a cada noite, e sempre estava limpo, sem nuvens; mas tomei vários banhos de uma chuva inesperada, torrencial, que mudava o cheiro da floresta. Abismado, me vi pensando que quatro dias atrás jamais teria me imaginado nesse lugar há 12 horas de viagem, bem longe de minha casa tão quieta, mas fiquei feliz porque só aqui no meio dessa balbúrdia de sons, de um calor insuportável, reencontro uma sensação de tranquilidade que há tanto tempo procurava. Os botos cor-de-rosa eram gigantes, mas dóceis, e nadei com eles. Finalmente relaxei! Esqueci de tudo. Passeei de bote e fiz o que o guia sugeriu: me concentrava nos sons da floresta. Na excursão, éramos todos estrangeiros, a maioria casais e estudantes. Apoiados e suspensos em árvores, vigiávamos por horas a movimentação dos macacos, tucanos e araras. Hipnotizante. Fiquei totalmente fascinado diante de tanta vida. O rio Amazonas é como um grande oceano. "As pessoas que vivem às suas margens, os ribeirinhas, vivem como se o rio fosse uma entidade, o senhor delas", me explicou o guia.

Fui ao mercado da cidade, e lá percebi que eles tratam as doenças com todo o tipo de ervas. As frutas pareciam deliciosas, e algumas eu já havia experimentado no hotel. Havia me esquecido de que gostava de frutas. Fiquei viciado em uma fruta ácida e doce, alaranjada, com caroço espinhento, que deixava a boca cheia de água por ser tão ácida e doce. O nome era Cajá, e eu nunca havia comido nada parecido. Uma vendedora me ofereceu guaraná em pó para curar minha solidão e evitar impotência. Fiquei tentado a aceitar.

Lembrei de Rachel. Quando veio conhecer isso tudo, já sabia que ia perder a visão, e deve ter ficado desesperada para ver e se lembrar de tudo. Vou fazê-la se recordar, descrevendo os detalhes de tudo que vi.

Me deu vontade de viajar mais.

CAPÍTULO 9

"Ele já viu o suficiente: morte, medo, coragem e sofrimento para abastecer meia dúzia de literaturas."
Ian McEwan *(Sábado).*

Foi um anticlímax ao chegar em Ann Arbor. A casa parecia grande demais, a rua silenciosa.

O telefone quieto.

Decidi que tinha que fazer algo aos sábados, e fui procurar o endereço da clínica comunitária na internet. Talvez possa dar alguma ajuda na parte administrativa.

Liguei e falei com Dayse, a assistente social. Combinei de ir no sábado para uma visita.

Mandei um e-mail para Sally. Finalmente tinha algo interessante para contar.

A semana passou rápido; foram tantos treinamentos e discussões sobre os equipamentos novos, que só percebi que minha secretária estava ausente na quarta-feira. Perguntei por ela às outras secretárias. Disseram que Miss Philipps havia viajado para Las Vegas. Uma convenção sobre Elvis Presley. Fiquei curioso. Pensei em me lembrar de perguntar a ela o motivo dessa paixão por Elvis Presley.

Noah mandou um e-mail. Faria o jantar na casa dele de novo. Rachel ainda não deveria andar muito. Ok! Me mandou a lista de compras. Seria um *cassoulet*, e era para eu deixar as compras na quinta-feira. Exigia um preparo de 24 horas.

Recomecei a correr no Arboretum. O frio é insuportável quando está ventando, mas cada dia estou mais condicionado, e não é o inverno que vai me fazer desistir. Quem sabe viro um maratonista, como a Sally?

Fico com esperanças de encontrá-la na casa de Noah, mas ela não respondeu ao terceiro e-mail. Cheguei cedo e Rachel foi logo contando todas as novidades.

Sally está na França, envolvida com um *remake* do *Ladrão de Casaca*. Frank ficou bem, fizeram uma cirurgia endoscópica para remover o tumor.

Eles conseguiram finalmente alugar o palacete deles. Rachel fará uma exposição de artesanato, em uma galeria da Main Street, no mês que vem. Anna a estava ajudando a organizar tudo. Quis que eu visse todas as peças. Eram de corda com tecido, muito grandes. Perguntei como ela conseguia manipular aquele material tão pesado. Fiquei emocionado. Todas as cores que eu vi na Amazônia estavam ali no trabalho dela. Ficamos conversando sobre a viagem ao Brasil e as flores gigantes que conheci enquanto Noah preparava a comida. Eu trouxe um CD com o canto dos pássaros, achei que ela iria gostar de ouvir, mas era meio chato, repetitivo. Durante o jantar contei sobre a clínica comunitária. Rachel ficou curiosa, queria saber o que eu estava disposto a fazer. Disse que não sabia, mas esperava ajudar com algumas publicações, papéis, sei lá.

Noah estava quieto. Não perguntou sobre a viagem, falou um pouco sobre o Labtech e só. Comi o *cassoulet* e expliquei sobre a feijoada dos brasileiros. Noah ficou curioso.

Fui dormir ansioso. Me lembrei de como era complicado na época do treinamento, na faculdade. Na emergência, tudo era muito corrido, não sabíamos muito, e nem sempre podíamos pedir todos os exames que queríamos. Havia uma supervisão rigorosa, não decidíamos quase nada. Os residentes mais graduados nos exploravam para fazermos as suturas e curativos. Já na enfermaria, às vezes ficávamos o mês todo com o mesmo paciente. A visita era repetitiva, monótona, mas para mim ainda era o melhor lugar. Era só me esforçar e me lembrar das perguntas que os professores sempre gostavam de fazer, decorar os *guidelines*, ser bonzinho e pronto. Ninguém me consideraria incompetente. Só não enganávamos as enfermeiras mais velhas, eu acho. Elas têm um sexto sentido para perceber os maus médicos.

Eu passava pelo estágio na semi-intensiva e tive que constatar um óbito de madrugada, no quarto de um paciente com câncer avançado. O homem estava gelado, mas me pareceu que ainda havia pulso. Fiquei em dúvida sobre o que fazer. Acionei o Código Azul e comecei a reanimá-lo, pois não havia nenhuma ordem para não reanimar no prontuário. A enfermeira chegou e disse sarcástica, enquanto levantava o braço do paciente, que ele já deveria estar em parada cardíaca há pelo menos três horas. Já tinha *rigor mortis.* O braço ficou na mesma posição que ela deixou. A semi-intensiva era lotada de pacientes crônicos que raramente recebiam alta. Um ótimo lugar para eu me esconder e não ser confrontado pelos professores. Eles detestavam os casos crônicos, e não gastavam muito tempo por ali.

Foi uma época difícil, mas nunca pensei em desistir. Já me interessava por pesquisa e me livraria daquele mundo doente em dois anos.

CAPÍTULO 10

"Fiz de mim o que não soube.
E o que podia fazer de mim não o fiz."

Fernando Pessoa *(Tabacaria).*

Michel Kepps me apresentou à enfermeira-chefe Lucy, e me identifiquei para a assistente social Dayse logo que cheguei na clínica comunitária. Aos sábados, Michel Kepps me avisou, o movimento é grande, e ele precisava ajudar os outros voluntários. "Temos que achar um horário para conversarmos mais tarde." Enquanto isso, foi falando e andando: "vá vendo o movimento da clínica".

Lucy, a enfermeira, era negra, superobesa, tinha olhos enormes e um tom de voz muito alto. Seus olhos dobraram de tamanho quando me ouviu dizendo que não clinicava e só fazia pesquisa há oito anos. Perguntou se eu ainda sabia fazer suturas e curativos. Disse que achava que sim, mas minha ideia era de trabalhar mais na burocracia da clínica. Ela me olhou incrédula e abriu uma porta que dava para um corredor. Havia umas 50 pessoas esperando. "Acho que a burocracia vai ter que esperar, Dr. Schwartz." E me entregou 15 fichas.

O primeiro paciente era um rapaz que queria uma prescrição de analgésicos. Tinha uma dor crônica. Não sabia descrever a dor. Passei aspirina e ele bateu a porta com força. Lucy veio ver o que tinha acontecido e riu quando contei a ela o que o paciente queria. Disse que a clientela de viciados era grande. A clínica participava de um protocolo especial para desintoxicação de viciados em opiáceos usando metadona. Me mostrou uma lista com indicação de serviços para casos de abusos de droga. Abuso de drogas era uma patologia muito frequente na clínica, eu iria perceber, Lucy me ensinou.

Atendi uma provável infecção urinária. Pedi exames. Iriam demorar uma semana, melhor iniciar antibiótico logo depois que colher a cultura da urina, avisou Lucy. Uma outra moça de 20 anos queria fazer teste para AIDS, pois transou sem camisinha com o namorado e descobriu que ele a traía. Uma senhora branca, grande, apareceu na porta do consultório com muita falta de ar. Auscultei o pulmão e ouvi estertores, ela não conseguia falar. Avisei a Lucy que a paciente precisava ser transferida. Parecia um edema agudo de pulmão e a pressão arterial estava muito alta. Ela disse que iria chamar o transporte. Colocamos a mulher sentada numa poltrona, Lucy instalou oxigênio e a paciente parecia melhor, mais rosada. A enfermeira perguntou se eu queria um eletrocardiograma, disse que sim. Será que eu ainda sabia ler um eletrocardiograma? Prescrevi um anti-hipertensivo e diurético. Perguntei pelo Dr. Kepps, e a enfermeira disse que já o havia bipado. A mulher com dispneia pediu para usar a "comadre", uma espécie de bacia que se usa para as pacientes urinarem espontaneamente, e de repente ela parou de respirar. Olhei para Lucy, e ela ficou esperando as minhas ordens. Eu não lembrava mais o que fazer, fiquei paralisado, suando frio. Lucy começou a usar a máscara com reservatório de oxigênio para ventilar a paciente. Michel Kepps chegou e eu fui me afastando para não atrapalhar. Ele massageou a mulher, disse que a paciente não tinha pulso. Fiquei vendo os dois profissionais atenderem à emergência. Sem gritos, estavam muito calmos, parecia um balé. Quando olhei no monitor, pensei que provavelmente era um infarto extenso, e ouvi o Kepps falando a mesma coisa. Depois de meia hora, ele declarou óbito. Me mandou, com voz de professor, treinar um pouco de intubação da traqueia na paciente morta e ler o protocolo de parada cardíaca. "Sempre há alguma parada cardíaca no plantão", avisou. Decidi que não iria mais voltar. O cheiro daquela mulher parecia ter se grudado em mim.

Passei a semana ansioso. Sabia que deveria mandar um e-mail para o Kepps oferecendo outro tipo de ajuda. Queria trabalhar sem atender pacientes. Não sei por quê, mas entrei no Medscape, na Medline, olhei os protocolos. Fiz *download* de três programas de conduta médica no *smartphone*, mas tinha certeza de que não iria mais à clínica se fosse para fazer consultas.

Convidei Miss Philipps para almoçar. Ela disse que seu horário de almoço era apertado. Era secretária de três pessoas. Trazia sempre um lanche e poderia dividir comigo, sempre sobrava muita coisa. Aceitei. Já conhecia seus sanduíches deliciosos. Miss Philipps parecia ter quase 60 anos, possuía um inglês impecável! Usava uma base de maquiagem muito clara para disfarçar as rugas e destacava seus olhos azuis com muito rímel. A idade, e com ela o metabolismo mais lento, havia chegado: estava um pouco acima do peso. Era minha secretária há quatro anos e não sabia nada sobre ela, a não ser sua paixão por Elvis. O sanduíche era de peru, estava delicioso e Miss Philipps me disse que eu estava com sorte. Tinha salada de frutas para sobremesa. Parecia uma anfitriã na cozinha do laboratório. Avisei que tinha algo melhor: uma caixa de chocolates que havia trazido do Brasil. Bombons de frutas tropicais com nomes impronunciáveis. Ela sorriu, sem conseguir disfarçar a satisfação. Era uma chocólatra, como todas as mulheres.

Conversamos sobre a minha viagem à Amazônia. Ela contou que ganhou 300 dólares em Las Vegas, depois de perder 400, é claro. Riu com prazer. Eu perguntei sobre Elvis Presley. Contou que, por alguns anos, esteve sem muita motivação depois que finalmente se separou de um parceiro castrador. Em uma viagem, se viu no meio de uma convenção sobre o rei do Rock. Foi transformador. "É um hobby inofensivo, há muitos eventos e as reuniões são deliciosas, com muita música. Sempre viajo para Flórida, Ontário, para semana de Elvis, em Memphis, e fui a Luxemburgo uma vez. Já fui jurada duas vezes na semifinal de *impersonator* em Memphis."

Miss Philipps disse que é sempre bom evitar o tédio, e citou Milan Kundera, algo sobre um provérbio alemão: "einmal ist keinmal, uma vez não conta, uma vez é nunca. Não poder viver mais do que uma vida é como não viver nunca".

Perguntei de que livro era a citação, Miss Philipps revelou que era a *Insustentável Leveza do Ser*. Falei que gostava de Santana, Eric Clapton, e ela me encarou, um pouco surpresa. "Não parece com você, Dr. Daniel." Mas ela também não parecia com Elvis, repliquei. "Foi um ótimo almoço, esclarecedor!" Miss Philipps declarou. Concordei rindo e deixei a caixa de chocolates com ela.

Convidei Noah para tomar um café na cidade e aproveitei para comprar o Milan Kundera na Borders. Que coincidência! Mais uma história de médico. Estava nevando há dois dias e já estava me sentindo inquieto, amanhã correria sem falta. Na televisão, o Weather Channel anunciou só 40% de chance de neve para quarta-feira. Os economistas da TV estão debatendo, parece que Bush está gastando muito dinheiro, não faz poupança e haverá recessão. Pesquisa científica sem dinheiro do governo é quase impossível neste país. É para qualquer um, desta área, ficar preocupado.

Noah chegou e ainda está muito silencioso, pouco à vontade comigo. Conversamos sobre as loucuras do Bush. As rugas, o cabelo grisalho e o bigode fazem Noah se parecer com Omar Shariff. Mais um silêncio perturbador. Quando vou falar alguma coisa, ele pergunta, bem abruptamente, se eu vi Tânia no Brasil. Contei sobre a criança, o quase marido. Era isso. Foi uma paixão adolescente fora de época ou uma fuga! Falei que, realmente, ele era meu único amigo. Ele se queixou. "Que grandes amigos somos nós, com tantos segredos? Você sempre foi muito fechado, egoísta ou desinteressado, sei lá, pela vida dos outros. Não se envolveu nem com a vida de Karen. Várias vezes, lhe perguntei pela doença dela e você desconversava, não pedia ajuda. Até no julgamento você estava indiferente, calmo. Pois eu sempre estou em pânico, desde o início da doença de Rachel até chegarmos a esses problemas econômicos incalculáveis. Você faz questão de deixar tudo impessoal, superficial. Nunca me perguntou como eu me sentia em relação à cegueira de Rachel. Fico me questionando por que continuo essa amizade. Rachel acha que eu te admiro, queria ter a sua coragem de não se envolver, de ser egoísta, por isso sou seu amigo."

Fiquei em silêncio, queria falar alguma coisa, mas não sabia como me defender. Acho que concordava com ele. Sou um amigo bastante relapso. Filho único, de um homem que não sabia elogiar e só fazia previsões catastróficas sobre meu futuro. Aprendi a ficar calado muito cedo: era o modo mais eficiente de evitar as conversas com meu pai.

Lembro que agradeci ao Noah quando o julgamento acabou. No depoimento, ele contou com detalhes como viu a transformação de minha esposa, e como tentei ajudá-la levando-a ao psiquiatra em que confiávamos, Dr. Derek. Nesta época, ainda no início da doença, Karen logo descartou o Derek. Ela o acusava de ser freudiano demais. Achei que era um bom argumento e não insisti muito.

Brigamos quando descobri algumas receitas com minha assinatura falsificada. Para evitar mais brigas, fiz algumas receitas, mas sempre iguais às que Derek havia prescrito. Quando ela estava acordada, tinha atitudes persecutórias, só ficava bem em companhia de Anna. Cheguei a ligar para Alícia, porém, mais uma vez, ela conversou com a filha e não viu nada demais, e disse que não podia sair da Flórida. Mais um filho de Mark iria nascer. Uma noite sonhei que Karen estava tendo um parto muito demorado, porque a criança era do tamanho de uma adolescente. Eu fazia o parto, mas a cabeça não queria sair. Decidi fazer um aborto com nascimento parcial, mas sabia que podia ser preso por isso. Karen morria no meu sonho. Fiquei com uma sensação de alívio quando acabou aquele pesadelo.

Dois dias depois, Karen tomou todas as receitas que falsificou e muitos barbitúricos. Havia vários tipos de ansiolíticos e barbitúricos comprados com a minha prescrição. Eram algumas receitas que fiz para repor a prescrição do Derek. Naquele dia, logo pela manhã, havíamos discutido. Eu exigi que ela fosse ver o Derek. Realmente, acho que não quis ver o que estava acontecendo. Anna não estava na cozinha, mesmo assim, saí de casa, fui me encontrar com Tânia. Só chamei Karen quando voltei às 19 horas. Coloquei a pizza na mesa e quis que ela comesse alguma coisa. Estava trancada no escritório desde cedo. Reconheci logo o mesmo cheiro que senti quando Sylvia morreu na hora que entrei no escritório. Karen estava toda suja de vômito, roxa, não consegui olhar mais. Chamei 911. Deve ter morrido por volta da 14 horas, disseram os peritos. Noah tem razão. Que tipo de homem sou eu? Será que teria sido diferente se eu não tivesse tão envolvido com Tânia? Estava tão apaixonado para esquecer a doença de Karen? Fui escolher logo essa época para explorar a energia sexual adolescente reprimida? Tenho que ler este Milan Kundera.

Noah aparentava estar cansado, havia envelhecido muito neste último ano, não parecia estar fazendo nenhum esporte. O convidei para começar a correr. Ele riu horrorizado: "Que proposta de amigo da onça é essa? Quer me tirar da companhia de uma loura linda para correr de madrugada, em pleno inverno? De você, só aceito convite para uma viagem ao Caribe, mas estamos sem grana".

Eu falei constrangido que havia recebido o dinheiro do seguro de vida de Karen. Já que não foi um suicídio premeditado, mas "decorrente de um estado mental alterado", a companhia de seguro não teve como se recusar a pagar. Eu poderia fazer um empréstimo. Ele se livraria, pelo menos, dos juros da hipoteca da casa. Noah descartou a proposta imediatamente, foi muito enfático. Disse que sabia o quanto eu havia gasto com o advogado. Ok! Mas pedi para ele pensar com mais calma. É algo que posso realmente fazer, falei. Não sei se vou conseguir retomar essa amizade. Noah está absolutamente muito estressado, balança as pernas o tempo todo. Síndrome das pernas inquietas? Não havia reparado que ele tinha desenvolvido esta patologia, mas está na meia-idade, pode ser que seja, não falo nada para não deixá-lo mais preocupado. Depois comentarei com Rachel.

Na sexta-feira, dei uma desculpa para não jantar com Noah. Acho que eu ainda estava constrangido com tudo de que ele havia se queixado. Aproveitei para ler alguns protocolos de emergência, ainda não havia me decidido se iria à clínica. Mas resolvi ir ao acordar e pensar que seria mais um sábado sozinho, com lembranças intermináveis. Sally definitivamente não deve ter gostado de nada daquele sábado de luxúria. Nenhum sinal dela até agora. O que eu queria? Conquistar uma atriz de Hollywood só com uma performance medíocre e mais uma confissão melodramática digna de programa da Oprah?

Na clínica, Lucy, a enfermeira, parecia bem surpresa ao me ver, e me cumprimentou com sua voz altíssima. Peguei minhas fichas, vi alguns nomes conhecidos da semana passada. O viciado em analgésicos, a menina do teste de AIDS.

Olhei para ela, tinha só 18 anos; expliquei que teria que refazer o exame depois de três meses, havia dado negativo. A menina disse que tinha certeza de que estava com AIDS. Vomitava, estava fraca, emagrecendo. Fui examiná-la e avisei que iria pedir um teste de gravidez. Ela riu, disse que gravidez era impossível, pois o namorado tinha feito vasectomia há dois anos, era pai de duas crianças com a ex-mulher. Pedi assim mesmo.

O rapaz viciado se chamava Juan, e dessa vez foi cortês. Ele me contou uma história longa sobre um acidente quando dirigia um trator. Mostrou umas cicatrizes na perna. Perguntei quando foi que tudo aconteceu. Ele disse que foi há dez anos. Olhei na ficha: 22 anos. Passei mais aspirina e dei um folheto com os endereços dos serviços para tratamento de abuso de drogas. Desta vez não bateu a porta, mas disse que eu precisava estudar mais, pois estava desatualizado, só prescrevia aspirina.

A Lucy me chamou para um café. O café é imprescindível em qualquer serviço de emergência. É a hora em que todo mundo respira, desabafa suas experiências médicas e demonstra conhecimento. Era um sábado calmo, até agora nenhuma emergência. Dei uns pontos na cabeça de um senhor bem bêbado, às 11 da manhã. Ele ficou roncando alto na maca. Me lembrei do livro do Milan Kundera, Thomas também fazia suturas. Lucy disse que precisava preencher uns papéis, e fiquei sozinho com Dayse, a assistente social. Era uma senhora franzina bem pequenininha, agitada. Perguntei se ela trabalhava todo sábado. Dayse disse que sim, mas fazia duas tardes por semana também, pois não dava conta do serviço, e eu quis saber quantos médicos trabalhavam; ela disse que dez, mas arrematou com um olhar de pesar enquanto explicava "é óbvio que esse número diminui bastante nos feriados e no verão". Comentei que só conhecia o Dr. Michel até agora, nem fui apresentado a outras pessoas. Dayse riu e começou a falar: "Daqui a pouco você vai conhecer a Dra. Jenny, a pediatra. Ela adora café. Vai sentir o cheiro e virá correndo". A clínica funcionava há cinco anos, de segunda a sábado, até às 18 horas. A população pobre, negra, hispânica, confiava em Michel Kepps, e precisavam de gente que apagasse os incêndios na área da saúde assistencialista. Ele sabia ouvir as pessoas e suas histórias de misérias. Os especialistas da saúde pública não gostavam muito deste tipo de serviço, consideravam paliativo, imediatista. Mas é isso que a população carente, excluída dos seguros de saúde, precisava, não? Alguém que apagasse incêndios. Concordei, sem pensar muito. Ela me sugeriu que "se eu tivesse um tempinho", acompanhasse o Michel Kepps nas consultas. "É inspirador." Falou emocionada. Expliquei que ele foi meu professor, minto um pouco, exagero quando digo que o admiro desde o tempo da faculdade de medicina. Pego mais fichas, e pensei em depois ver Michel Kepps atuando. Não deu. Chegaram mais 20 pacientes à tarde. Uma paciente de 20 anos me deixou confuso, a família acha que ela está mudando de comportamento, se tornou obsessiva, agora é religiosa e diz que os muçulmanos vão destruir o mundo em um mês, reza o dia inteiro, faz previsões catastróficas, quer ir lutar no Iraque.

Há uma perda de peso inexplicável. Fiquei me sentindo um pouco incomodado, há alguma coisa que deixei passar, mas não sei o que é. Pedi exames e mandei para urgência psiquiátrica. A mãe dela, de descendência árabe, muito tímida, veio conversar mais um pouco, quer uma explicação para a perda de peso da menina, fiquei sem respostas para ela. Vamos ter que esperar os exames; falei a minha frase sem muita certeza, ela deve ter percebido. Preciso anotar esses casos que tenho dúvidas. Deixo para depois; vamos à fila de viciados que deixei por último. Dá vontade de fazer um cartaz avisando que não prescrevo oxicodona. Um paciente em agitação psicomotora está fazendo a festa na sala de emergência, dá para ouvir os gritos daqui. Fecho a porta, espero que alguém já tenha ido sedar o paciente, parece que não. Os gritos já estão no corredor e ouço barulho de vidro se quebrando. Fico quieto, tento ler um impresso da clínica sobre humanização, mas não dá para me concentrar com os gritos cada vez mais altos. Faço um arco-íris com as canetas e lápis que encontro na mesa, preciso de um café, mas não dá para sair agora. Talvez seja melhor eu ser voluntário no exército da salvação, deve ser mais calmo que isso aqui. Quando parece que tudo vai se acalmar, o barulho de repente aumenta, duplica. Vou abrir a porta e me assusto: a mãe da menina, toda ensanguentada, tenta contê-la com ajuda dos seguranças, mas parece impossível. Perguntei a Lucy, que me olhava com ar incrédulo, por que ela não tinha ido para a urgência psiquiátrica. "O doutor acha que ela tem condições de ser transportada? A glicemia dela deu 18. Eu estou tentando segurá-la para dar glicose." Mais um fora meu e ela me estrangula, pensei. Como fui me esquecer de fazer o dextro? A agitação é por causa da hipoglicemia tão grave. Quatro ampolas de glicose e ela ficaria melhor. Mas por que está tendo tanta hipoglicemia? Vou dar uma lida quando for pra casa em causas de hipoglicemia... esse programa de clínica médica que botei no *palm* não acrescentou muita coisa.

Cheguei em casa e havia um e-mail da Sally. Finalmente deu notícias. Estará em Nova York semana que vem, fez um convite bem direto para eu passar o fim de semana lá. É a primeira vez que ela me faz um convite, e eu titubeio. Esse namoro está fadado a nem começar. Quase respondi que sim, mas me lembrei de Michel Kepps, da Lucy e da menina que iria me mostrar o resultado de gravidez, me senti desconfortável para desmarcar. Respondi no e-mail que só estava livre no sábado à noite. Dei meu número do Skype; vou tentar ser convincente e quem sabe salvo esse fim de semana idílico. Vou ter que comprar algumas roupas de *griffe* se começar a sair com Sally; me lembrei de que ainda não dei a ela os brincos que comprei em São Paulo, então vou compensar meu atraso dando o presente... as pedras combinam com os olhos dela. Sally é uma mulher inteligente, mas, ao contrário da irmã, prefere não emitir opiniões muito pessoais, se resguarda o tempo todo. Deve ser traumatizada pela vida de celebridade. Como vai ser quando algum *paparazzo* nos fotografar juntos? Tantas mulheres no mundo e vou me ligar à única que conheço que pode me colocar em capa de revista de fofocas. Logo minha história vai ser lembrada, e o inferno recomeçará. Não sei se quero viver isso novamente. Só de me lembrar já sinto azia. Vou tocar nesse assunto quando contatá-la no Skype, deve haver um jeito de deixar tudo às escuras para a imprensa. Ou é muito cedo para falar nisso?

Acordei com o Skype chamando. Era Sally com um cabelo mais comprido, negro, estava animadíssima. Tomei um susto! Achei que fosse a Tânia. Ela disse que ainda estava em Paris, e me mostra a paisagem pela janela do quarto dela, vai permanecer morena por mais uma semana. Perguntou se eu gostei. "Não gostei." Fui grosseiro, sem querer, quando respondi sinceramente. As duas tinham o mesmo perfume, e agora o mesmo cabelo. Parecia provocação. Mas não quis causar mais danos a esse namoro falando de Tânia.

Contei sobre a inesquecível viagem à Amazônia, os brincos que comprei em São Paulo, sobre meu voluntariado e como estava minha performance na corrida, e perguntei se ela não queria me encontrar em Ann Arbor para correr. Dei uma insinuada que estava com saudades, Sally só riu. Essa ex-loura foge sempre pela tangente. Não disse nada. Parece sempre pisando em ovos comigo. Só falou um pouco sobre seu filme e sobre o tempo em Paris. Já havia conversado com Rachel também. Me despedi, meio desapontado. Perdi o sono e fui ler mais uma das explicações de Milan Kundera. A vida não tem ensaio, é isso? Por isso erramos tanto? Ninguém me ensinou compaixão? Como Thomas, o médico tcheco, embarquei em uma aventura sexual. Ele esqueceu um filho, eu esqueci Karen. Do que eu fugia? Thomas, o médico do livro, fez uma conta do número de mulheres com quem já se relacionou: mais de duzentas. Tento fazer a conta, mas só me lembrei de oito, talvez, até agora.

CAPÍTULO 11

"Quando quis tirar a máscara,
Estava pegada à cara.
Quando a tirei e me vi ao espelho,
Já tinha envelhecido."

Fernando Pessoa *(Tabacaria).*

Fui ao encontro de Michel Kepps no Angelo's para o almoço. Fico impressionado como ele gosta de conversar, trocar ideias, os assuntos são inesgotáveis. Kepps está sempre interessado na opinião de outra pessoa, termina as frases com algum comentário que só ele acha graça, e ri como se não tivesse sido ele o autor da piada. Eu também não estava com pressa e perguntei se, quando ele escolheu a medicina, já era tão abnegado, humanitário. Ele passou a mão na careca, pediu duas cervejas e soltou esta frase incompreensível: "Não, eu era um calhorda, um preto que se achava branco e superior, e só me dei conta disso quando quase transei com as minhas duas irmãs. Quer que eu conte a minha história desde o começo, tem tempo para isso?" Eu concordei imediatamente. E ele começou a falar com sua voz pausada.

"Meu pai morreu muito cedo, eu tinha só um ano. Em 1942, minha mãe foi trabalhar na casa de judeo-alemães ricos. Era arrumadeira, mas era esperta e logo aprendeu a fazer todos os pratos da cozinha judia que eles gostavam, como sopa de galinha com matzo balls-gefilte fish, potato kugel e chulent. Eu ficava num cercadinho na cozinha, e a primeira palavra que aprendi foi em yiddish, e ia ser criado ali como o filho da empregada, mas eles não tinham filhos, e eu era a única distração da dona da casa, e você sabe o poder que tem o sorriso e o choro de uma criança.

Jesse fazia viagens longas para comprar e vender diamantes, ficava até dois meses fora de casa, e também tinha uma loja na 47 Avenue, em Nova York. Adélia não reclamava mais da solidão, pois tinha me adotado como seu bichinho de estimação. 'Uma criança é melhor que um cachorro ensinado', lembrou a cozinheira invejosa rispidamente. Eu viajava para Nova York quando Jesse pedia para a esposa ficar por lá mais de um mês. Minha mãe, se tinha ciúmes, não demonstrava. Às vezes Adélia me pegava na cozinha de manhã e só entregava à noite. Com o tempo passou a cuidar de mim como se fosse seu, e tomava todas as decisões que se referiam a mim. Quando tinha febre também me vigiava, tinha ataques histéricos quando me via descalço e pavor de qualquer gripe. Só se separava de mim quando tinha visitas. Aí eu voltava para a cozinha. A casa tinha 5 quartos, e ela decidiu que iríamos ocupar um deles em vez de ficar no quarto apertado, empoeirado, junto com Beth, a cozinheira. Esta tinha bastante criticismo em relação ao amor da patroa por mim, achava exagerado, doentio, que assim como surgiu, desapareceria. Ela me chamava de "teddy bear". Minha mãe com sua voz sarcástica, a mandava se calar, a chamava de invejosa, e a ameaçava com um caderno onde anotava as compras de mês: tinha certeza de que a cozinheira alimentaria, se quisesse, pelo menos quatro famílias com o que roubava da despensa. Sempre que havia algum jantar, o rombo era maior. Beth refutava e chamava minha mãe de interesseira, espertalhona, que aprendeu a cozinhar só para substituí-la. Minha mãe não discordava, e dizia que faltava muito pouco para ela pedir para a patroa botar Beth na rua. Elas brigavam até por panos de pratos. Mas se aturavam. E foi assim que aprendi também a falar os palavrões e a gíria dos negros como eu. Minha mãe não era muito carinhosa, e decidiu quando eu tinha dois anos ceder o posto de mãe para Adélia, e, quando ficava comigo, não parecia confortável, não me pegava no colo, se esquivava logo que via uma oportunidade. Na escola, sempre iam as duas. No início as outras mães olhavam curiosas para saber o que aquela mulher branca estava fazendo ali. Mas Adélia era persistente, com seu sorriso amigável oferecia para ajudar na organização das comemorações, fazia doações imprescindíveis, e conseguiu a reforma do playground. Foi ficando tão conhecida, que as pessoas já se referiam a ela com se fosse minha mãe adotiva. Lia comigo todos os livros infantis que comprava e depois os doava para a biblioteca da escola. Escreveu um livro sobre o amor de uma cadela que adotou o gatinho, acho que queria que eu entendesse o seu amor por mim enquanto líamos o livro. Ela se esmerava para explicar, mas meu olhar se desviava irresistivelmente em direção a qualquer barulho que vinha da cozinha. No sábado à noite, eu não conseguia deixar de ficar admirando minha mãe quando ela se arrumava para sair com o namorado, até hoje fico melancólico quando sinto cheiro de jasmim: me lembra do perfume do talco que passava nas axilas. Vestia as roupas de segunda mão que ganhava de Adélia, e eu imaginava que ela era Adélia e me amava. Quando tinha seis anos, uma vez pedi para ela não sair e ficar comigo, mas ela ria alisando a saia azul e tentando com um alfinete fazê-la caber na sua cintura mais fina que a de Adélia. Minha mãe me consolou com uma voz impaciente: "Você tem com quem ficar, seu futuro está garantido, e eu agora preciso cuidar do meu".

O marido de Adélia sofreu um acidente sério com cavalo e ficou quase um ano na cama porque quebrou a bacia. Resolveu agradar a mulher e me adotar também. Jogávamos cartas, e me fazia ler os livros da biblioteca. Ele era um homem culto, escutava música clássica o tempo todo e era obcecado sobre tudo que se relacionava à bolsa de valores e diamantes. Comparava o mercado de ações ao pôquer, e me explicava como aplicar o dinheiro em diferentes companhias e negócios. Eu só tinha dez anos, mas sabia o que era uma *joint venture.* Disse que eu seria alguém na vida se quisesse, me mostrou uma conta de banco que ele desde os meus dois anos havia aberto a pedido de Adélia. Era um fundo suficiente para minha educação. Eu, com os meus dez anos, já me achava esperto, e só pensava o dia todo como iria fazer para pegar esse dinheiro e gastar parte em figurinhas e sorvete e dar o resto para minha mãe. Não contei sobre o dinheiro para ela. Ela estava namorando há quase seis meses um homem que conhecera na igreja, e fazia muito segredo, mas um dia a vi conversando com ele sobre uma mudança para New Orleans. Os dois se agarravam na escada do jardim. Eu me desesperei. Só pensava no dinheiro e no que seria de Adélia se minha mãe me levasse embora. E eu? E meu futuro, meu dinheiro? Ela só pensava nela, era uma egoísta. Eu a vi beijando aquele homem e minha vontade era de matá-lo. Foi o que tentei fazer com a faca de cozinha. Mas só consegui uns dias de castigo, sem poder brincar ou sair de casa. Contei para Adélia o que tinha ouvido, e ela, achando que ia me tranquilizar, falou que eu não iria para New Orleans, já havia se entendido com a minha mãe. Em vez de me tranquilizar, fiquei mais triste, revoltado. Como ela conseguiu se desfazer de mim? Beth, a cozinheira disse que minha mãe me vendeu barato, que eu custei menos que o meu bisavô escravo. Mas ela deixou de falar quando eu me vinguei salgando a comida que fez para um jantar importante. Foi um fracasso tão grande, que quando ela viu que não adiantava me acusar, pois Adélia não acreditaria, nunca mais se atreveu a mexer comigo. Minha mãe foi embora escondida, não se despediu de mim, mas me escreveu duas cartas em três anos cheias de erros de gramática e ortografia, contando sobre uma casa nova e um novo emprego. Depois, desistiu, ou não teve mais tempo, pois ficou grávida duas vezes, o namorado a abandonou na segunda gravidez, e finalmente ela sumiu da minha vida. Sabia que tinha dois irmãos porque a cozinheira tinha parentes em New Orleans e fazia questão de me colocar a par do fracasso da minha mãe. A casa que havia comprado foi tomada por conta das dívidas do namorado. A terceira vez que escreveu foi para pedir dinheiro. Eu mostrei a carta a Adélia, e ela me tranquilizou, dizendo para eu não me preocupar, que Jesse cuidaria de tudo. Adélia era muito rigorosa com a minha educação. Aprendi violino, francês e falávamos alemão em casa. Não entendia o amor de Adélia por mim. Acho até hoje que eu era o seu projeto particular. Ela tinha uma vida pobre, tediosa, e eu era seu brinquedo, seu hobby. Quando fui para *High school,* já pensava em fazer alguma carreira em economia, finanças; não tinha amigos ou namorada, e era difícil um negro culto, bilingue em francês e alemão, e adotado por judeus, ser aceito por outros negros e muito mais ainda ser um negro culto no meio dos brancos que não eram tão cultos assim. Os poucos amigos da *Medium school* e da *High school* foram se distanciando, não tinham dinheiro nem pretendiam fazer *College* como eu.

Jesse, meu pai adotivo, já estava aposentado, vivíamos em casa, lendo, ouvindo música, jogando pôquer, ou viajávamos nas férias para a fazenda no Big Lake. Pescar durante o verão, fugindo do calor, sentados por horas à beira do lago, era nosso passatempo preferido. Jesse era um falador, como eu, e me contava as histórias de seus pais na Alemanha e como o povo judeu era perseguido. Eu era sempre confundido como seu motorista, mas não ligava. A asma de Adélia havia piorado, e ela sofria nas mãos dos médicos, estava inchada com tantos remédios, mas não desistia. Viajamos à Suiça à procura de um tratamento inovador, e aproveitei por vários dias para observar e acompanhar os médicos da clínica enquanto Adélia estava internada. Na clínica, fui apresentado a um médico negro francês, muito simpático, logo depois de eu ter cometido uma gafe terrível quando o confundi com um auxiliar da clínica. Eu o vi trabalhando de igual para igual com os outros colegas, era um pneumologista respeitado, havia algumas internas da escola de medicina que olhavam para ele com adoração. O status de um médico está acima dessas diferenças, é mais que uma profissão, é arte, e aquele médico tinha uma imponência inigualável. Adélia obedecia cegamente às suas ordens, elogiava as novas drogas que ele havia introduzido, e estava muito agradecida, pois finalmente havia recuperado sua beleza, estava sem o inchaço provocado pelos remédios antigos. Ela concordou efusivamente quando revelei que também seria um doutor em medicina.

Quando voltamos a Michigan, Jesse me dissuadiu, disse que eu já sabia alguma coisa sobre diamantes e ações monetárias, e que já estava na hora de começar a trabalhar para ele. A medicina por aqui ainda era bem segregadora, não era como na Europa. "Para que sofrer, levantar bandeiras sozinho? Vai terminar atendendo pobres e, no fim, vai viver de quê?" Ele assinalou e concordei com ele. Eu e Adélia fizemos as malas e fui trabalhar na rua 47, em Nova York. Aprendi observando todos, e fiz amizade com um velhinho de quase 90 anos que me ensinou a importância do *carat weight* e ver um bom corte, avaliar claridade e a cor dos diamantes. Conseguia empurrar algumas pedras não muito boas para os noivos, que sempre pareciam desesperados em agradar a noiva, pois eles só sabiam avaliar o diamante pelo seu peso e preço. Era um peixe fora d'água, mas logo que percebi que haveria uma boa compensação financeira nesse ramo de venda de diamantes, decidi esquecer mesmo a medicina. Vendia, mas precisava aprender a comprar diamantes, e aí eles me mandaram em algumas viagens para a África do Sul. Fiquei dois anos viajando e trabalhando nos intervalos das viagens em Nova York. Era fácil vender, mas comprar era mais difícil. Os africanos desconfiavam de mim, nunca caíam na minha conversa de mercador. Com os clientes da loja era mais fácil, eles se surpreendiam ao me ver, e às vezes tentavam me enganar conversando entre si pensando que eu não entendia alemão ou francês, ou se condoíam com a minha simplicidade e se achavam mais espertos. Eu agia como se fosse um ingênuo, e às vezes conseguia vender com uma boa vantagem no preço ou nos juros. Era uma vida de rei, que ainda tinha um bônus: fiquei conhecendo todas as prostitutas da rua 33. Elas me adoravam porque eu não sabia muito sobre sexo, mas tinha dinheiro para pagá-las. O sexo me fascinava, suas variações, perversões e, enquanto elas se divertiam me ensinando os segredos da profissão, eu me superava e me apaixonava por toda puta nova que aparecia a cada mês.

Aos 21 anos a testosterona estava sobrando em meu sangue, e no sexo eu era uma potência total. Montei um apartamento para encontros com as putas, fiquei viciado em sexo, que conseguia em troca de dinheiro e também às vezes de proteção, pois algumas moças se metiam em confusão e precisavam se esconder do cafetão ou da polícia. Tudo parecia tão fácil, menos as injeções de penicilina que precisei tomar para tratar a sífilis. Jesse já não conseguia viajar tanto, sofria da sequela da fratura da bacia, e passei a comprar os diamantes também. Conheci todas as minas da África do Sul e Botswana, e me vi ganhando dinheiro dos negros africanos. Não me identificava com eles, os achava sub-humanos, eram desconfiados, sujos e um problema que não era meu. Sabia que eles eram muito explorados, a riqueza das minas de diamantes não mudava em nada a miséria de suas vidas ou os beneficiava, mas o que podia fazer por eles? Não tinha sido eu a inventar o negócio de diamantes. Quando viajava sempre contava os minutos que faltavam para voltar à Nova York, esquecer aqueles olhos acusadores das pessoas com quem tinha de negociar e encontrar os braços e as ancas das minhas amigas putas. Fui explorador de negros até receber a notícia de que minha mãe estava morrendo em New Orleans."

— Nossa! Tenho de ir, minha mulher deve estar curiosa para saber onde almocei... Outro dia te conto como foi estudar na Suíça.

— Fiquei atônito com a história do Michel Kepps. Transar com irmãs??? Meus amigos estão sempre me surpreendendo com suas histórias.

Passei na casa de Noah à tarde, havia um convite na secretária eletrônica sobre o aniversário de Anna.

Anna e Rachel estavam no ateliê discutindo as cores das esculturas. Rachel dá números para as tonalidades de cores, e Anna está começando a entender o método dela.

Rachel comprou alguns livros de aniversário para ela, e Maria fez um bolo. A menina sorria sem estar muito à vontade com tantas atenções, seus olhos pequenos, encarando o chão, me fizeram lembrar a paciente que quase matei com hipoglicemia. Fiquei batendo papo com Noah... o Labtech está deixando ele mais estressado que o normal. Terminei a noite em casa, em frente à televisão; assisti ao House, um seriado sobre um médico distímico, viciado em oxicodona, mas que faz diagnósticos brilhantes enquanto massacra emocionalmente a sua equipe. Quem sabe aprendo mais alguma coisa? Mas, com tanto exames e tanto chute, até eu seria capaz de acertar o diagnóstico!

As séries de televisão sobre medicina atrapalham bem os clínicos, pois criam uma falsa impressão de infalibilidade humana. Tudo é feito com tanta precisão e rapidez, ninguém erra nunca ou é inseguro, os exames estão todos à mão, e o paciente que as assiste cria uma expectativa irreal, e quer o mesmo padrão de atendimento. Nas séries os médicos estão em prontidão absoluta e atendem chamados de qualquer tipo. Na vida real o paciente também quer ver o seu médico carregando o frasco de soro até o seu leito para pegar uma veia, como está habituado a ver na televisão.

Vou tentar me lembrar de ser infalível como o House no próximo plantão.

Pela manhã, Rachel me ligou e disse para eu falar com a Anna. Há vários depoimentos gravados, em um MP3, que Karen deu de presente para a garota.

Karen esqueceu-se de apagar os arquivos. Rachel ouviu um depoimento para entender do que se tratava, acha que eu também deveria ouvir.

Falei com Maria, ela não sabia de nada, mas iria se entender com Anna.

As duas não parecem ter uma boa relação, são um pouco distantes... Anna é até um pouco fria, monossilábica com a mãe. Corrige o inglês da Maria o tempo todo. Vi no dia do aniversário. Ela não abraçou nem cortou o bolo para a mãe. Mais uma adolescente em crise existencial.

Debbie ressuscitou das cinzas com um telefonema entusiasmado e me convidou para um drinque irrecusável no Pearl com insinuações mais do que óbvias sobre como a noite terminaria. Vou ter que dar um jeito de esfriar esse entusiasmo. Cheguei cedo e fiquei vendo a galeria do lado. A exposição de Rachel seria ali. Vi umas jarras bonitas de madeira queimada, com uma textura diferente. Comprei uma jarra para dar de Natal para Rachel. Ela é alguém que se importa sinceramente e se preocupa com os sentimentos das pessoas, não só para ser politicamente correta ou posar de pessoa ética. É realmente minha amiga. Não me julga. Aceita as minhas lacunas de caráter. Não me deixa inseguro com a minha falta de cultura e adora as piadas de humor negro que conto, além de estar sempre atualizadíssima sobre as partidas da NBA. Nunca fico sem assunto com ela.

Ontem à noite, li no livro de Milan Kundera que se tem de viver, com quem se ama, todos os sentimentos: a dor, a felicidade, a angústia. Chama isso de compaixão. Então, concluo, aos 42 anos, que nunca amei ninguém. E agora, faço o que com isso? Me suicido como Karen? Procuro alguém para amar? Sally já se descartou de primeira, portanto vamos à Debbie.

Debbie estava animada. Bebeu duas tequilas e quis ir logo para minha casa. Resolvi encantá-la com meus assuntos atuais: Amazônia e São Paulo. Ela sugeriu uma viagem ao México. Ajeitou o sutiã apertado, tinha um colo bem bonito e seios que, com o milagre do sutiã Wonderbra, pareciam muito maiores quando ela estava vestida. O assunto criança e filhos era o preferido dela. Por que eu? Fiquei me perguntando. Ficamos sem assunto e eu continuava sem a menor vontade de transar ou de fazer um filho com ela. Convidei Debbie para vermos a aula de salsa no Habbana Café. Ficamos meia hora tentando aprender os passos de salsa, ela dançava bem, mas eu sou um desastre para aprender passos de dança, e lembro que Karen deixou de me torturar logo nos primeiros anos de namoro, profeciou que eu era fadado ao fracasso como parceiro de dança e desistimos logo. Tive que dar a desculpa basal para não levar Debbie para casa. Tinha que acordar cedo. "Eu merecia relaxar depois de tudo que passei, não?" Debbie não desiste e se propôs a ver pacotes de turismo para o México. Trabalha com uma empresa de marketing, sabe vender seu produto, me agarrou dentro do carro com uma voracidade, que quase me convenceu a aceitar um final ardente de noitada, mas me lembrei de Sally no Skype e decidi não ser presa fácil para ela. Sou um sujeito experiente... aprendi minha lição: uma mulher de cada vez!

Mandei um e-mail para Sally. Estarei em Nova York no sábado de madrugada e ficarei até quarta-feira.

Deixei outro e-mail para Miss Philipps avisando sobre a minha viagem até a quinta-feira; ela deveria avisar, se alguém do Labtech me procurasse, que eu iria para Nova York participar de um treinamento e assistir a uma palestra na Universidade de Colúmbia. Carl, meu sucessor no Labtech vai ficar sabendo de qualquer maneira, então é melhor não fazer segredo. Ando desinteressado com meu trabalho, gasto mais tempo estudando os *guidelines* de emergência que os resultados das pesquisas no Labtech. Estas estão tão previsíveis, desmotivantes. Vai ser bom me afastar um pouco, deve ser fadiga. A última conversa que tive com Carl foi tão pouco amigável, pois ele queria que eu previsse resultados megalomaníacos para os próximos dois anos. "Não com esse corte de verbas no orçamento que estão ameaçando", fui falando, meio sem paciência com ele. Quando vi, havia mudado de assunto e estava contando sobre um caso de uma paciente para ele e Noah. Eles não se mostraram interessados, foram pedindo licença e saindo da minha sala, enquanto Carl me encarava curioso.

Olho para a janela. A neve caiu de madrugada. Deixou a calçada toda branca, escorregadia. Peguei a pá e limpei a minha calçada e a de Margareth, minha vizinha budista. O frio e o vento quase me fizeram desistir. Da próxima vez, vou pagar ao rapaz que se ofereceu para limpar tudo por dez dólares.

Dou uma olhada nas revistas de pesquisa genética. Há uma matéria sobre os cientistas mais ricos desse ramo. A corrida por patentes genéticas é altamente lucrativa e fez alguns milionários. É este o objetivo da indústria de biotecnologia, não? Sonho em ser um deles.

No meu primeiro dia na clínica vi Michel Kepps reclamando a falta de *alteplase*, uma droga cara, mas muito eficiente em caso de infarto. Estou vivendo em dois mundos completamente diferentes.

Fiquei curioso para conversar com Anna. Estava ansioso, mas receoso de ouvir esses depoimentos... talvez Karen, depois de morta, finalmente me tirasse dúvidas do presente e do passado. Mas fiquei remoendo o dia todo, com medo de tudo que poderia ouvir. Fui procurar a menina na casa de Rachel, mas Anna não apareceu para ajudá-la à tarde. Fico conversando com Rachel no ateliê muito luminoso, admirando sua agilidade com o trabalho manual. Ela me pediu para mudar a posição de duas esculturas de corda e tecido. São enormes, pesadas. Rachel quer saber se Noah aparentava cansaço, e eu disse que sim... sabia que ele não fazia esportes, parecia estar engordando. Rachel falou tão intimamente, que me senti desconfortável, queixou--se que o casamento estava muito morno, fraternal, como se dependesse da cura da sua cegueira para a paixão reacender, mas acho que o desabafo intempestivo a deixou mais constrangida que eu, e mudou de assunto bem rapidamente: "Foi difícil conseguir ter alguma conversa mais íntima com Anna... ela é gordinha, não? É feia? Até hoje não namorou. É uma menina tímida demais. Perguntei ao Noah, mas ele acha todas as adolescentes muito parecidas. Anna acha que Karen fez as gravações pensando em deixar algo para ela pensar, refletir". Rachel continuou falando: "Só ouvi um depoimento e me pareceu ser dirigido a um terapeuta". Eu lembrei que Karen tinha tentado fazer isso com o psiquiatra. Gravar coisas, já que não gostava de falar na presença dele.

Conversamos sobre Sally, falei que iria encontrá-la em Nova York. Rachel riu e disse que os *paparazzi* iriam ganhar muito dinheiro com nós dois se esse namoro fosse adiante.

Contei sobre as minhas visitas à clínica. Ela ficou mais surpresa ainda. "Dr. Daniel, desse jeito eu vou ter que te dar alta da terapia", continuou falando e gargalhando.

Perguntei se queria ajuda na quinta, dia da abertura da exposição, e ela falou que sim, e, com um sorriso maroto, disse que no mesmo dia também faria uma surpresa para Noah. Eu não poderia deixar de ir. Fiquei imaginando se a surpresa seria uma cesta de dois ou três pontos dessa ex-pivô do Michigan.

A semana correu sem graça, sem novidades. Sally não respondeu de novo ao meu e-mail. A corrida de manhã me deixava bem relaxado, almocei sanduíche mais duas vezes com Miss Philipps. Fiquei olhando para ela admirado, ainda estava na página cem do livro do Milan Kundera, mas me sentia um iniciado, um participante de uma seita. Nós dois compartilhávamos uma verdade.

Me livrei de 1,5 kg.

Precisava dar alguma resposta para Douglas, o *Headhunter.* Avisei que estaria em Nova York por quatro dias e poderia marcar alguma conversa na Colúmbia. Quero saber quanto estou valendo no mercado.

A menina se chama Carol e está grávida. Chorou, reclamou, quer fazer outro teste.

Uma paciente tem uma asma grave, o peito de pombo, típico de quem sofria para respirar, e a face bem redonda... cara de lua cheia, diziam os livros de medicina. Usava cronicamente corticoides. Falei que precisava de corticoide inalatório e não os sistêmicos. Mas a mulher recusou. São caros. Foi uma conversa longa, demorada. Fui ouvindo toda a sua vida como secretária e filhos que pouco ligavam, sobre os seus gatos inseparáveis. Eram companheiros que a adoeciam, ela sabia, mas nunca a abandonariam, como os filhos o fizeram. A paciente disse que ficou impressionada. Nunca ninguém a deixara falar tanto. Também fiquei. Nunca havia me interessado tanto pela história de alguém.

Hoje conheci a pediatra. Jenny é uma mulher mal-humorada. Tem uma pele com cicatrizes de acne avançada, óculos bem pequenos e é muito baixinha. Levei uma xícara de café, no seu consultório, e ela nem agradeceu. Perguntou se eu ainda tinha licença para clinicar.

Fui ver o Michel Kepps atender; ele só ouvia, perguntava pouco, mas o tempo todo olhava nos olhos, mantinha contato físico. Um padre. Demorava mais tempo ainda, explicando a receita e as mudanças que a pessoa teria de fazer no estilo de vida. Inspirador, pensei, concordando com a Dayse.

Sally não deu sinal de vida, fui para Nova York assim mesmo. Deixei o telefone do hotel e meu celular no Skype.

Meu hotel ficava na Rua 79. Visitei a seção de meteoritos do Museu de História Natural, fui ao cinema assistir a um filme chato de Woody Allen cheio de blá-blá-blá psicanalítico, que não gostei e saí no meio, e, passeando pelo Soho, achei uma lanterna de varanda para Rachel. Nova York estava coberta de neve e lama, não parava de chover e era difícil andar, então resolvi ficar sentado, aquecido, em um café. Vigiava as chamadas no celular e nada da Sally me ligar... foram cinco copos de um café brasileiro, um ótimo diurético que me fez levantar várias vezes à noite, me xingando pela idiotice que fiz. Na segunda, fui à Colúmbia...

"Há sempre uma vaga para um pesquisador como você", afirmou o coordenador do laboratório. Vi as vantagens do salário, não eram muito diferentes do que o Labtech me oferecia. Ele prevê que, com a parceria com dois laboratórios particulares, o salário irá aumentar em dois anos. "Com o dinheiro do Bush? Impossível!", falei alto, sem querer. Ele riu e abriu o jogo. Poderia oferecer uma participação em ganhos com patentes para complementar o salário. Ok! Darei a resposta até março. Estava ansioso para olhar as mensagens do celular.

Parei para ler o jornal no *lobby* do hotel. Um evento beneficente no Moma foi bem concorrido. Vi várias fotos de atrizes e uma de Sally, com os cabelos escuros ainda. Vestia um vestido longo, azul, com um decote revelador nas costas. Parece ter reatado com o antigo namorado, li na nota. Na foto, ele a segurava pela mão, e ela sorria.

Desliguei o celular. Na agência de acompanhantes que contatei, havia várias morenas, mas insisti que me mandassem uma mulher loura. Me arrependi logo depois que liguei. A moça que me mandaram tinha um sotaque russo bem carregado e me ofereceu uma carreira de cocaína. Sussurrou que eu parecia deprimido. Recusei, mas bebi mais dois uísques com ela. Como Thomas, da *Insustentável Leveza do Ser*, perdi o interesse assim que vi a mulher que havia contratado.

Falei que não suportava mulheres com cabelos pretos. Ela riu. Disse que ia tentar se lembrar se eu a chamasse de novo. Estava de peruca.

Resolvi voltar na terça-feira bem cedo. Detesto viajar de avião, prefiro dirigir 12 horas de carro a ficar três horas preso em uma aeronave. Mas lá vamos nós: tomei um betabloqueador e pelo menos a aeromoça que demonstrou as normas de segurança é um colírio para os olhos. Parece uma versão mais nova de Sharon Stone, que sempre foi a minha atriz preferida. A cruzada de perna dela no filme *Atração Fatal* é inesquecível! Vou dar um jeito de me apresentar à sósia de Sharon Stone. Sally é assunto do passado. Há um e-mail de Noah... ele me mandou um artigo sobre a doença de Huntington. Dei uma olhada e não vejo como conseguir alguma patente. O gene causador já foi codificado, e já há um teste genético para diagnosticar a doença. Os salários no Labtech sempre são discutidos nessa base. Lucro para a empresa e prestígio para a universidade. Não entendi alguns pontos, acho que ele explicou mal qual é o papel do fator de supressão tumoral, no melhor prognóstico da doença. Mandei uma mensagem.

Havia um e-mail da Sally, com a data de sábado, para o meu e-mail do Labtech, explicando que tinha mudado de planos para o fim de semana. Eu vi.

Maria trouxe o MP3; avisei que iria baixar os arquivos e devolver ainda na quarta-feira.

Fui correr e tive que fazer tudo às pressas, pensando em devolver o MP3 logo. Não tive tempo de ouvir.

Cheguei tarde. A aula do Leo foi com outros alunos do clube, e disputamos um campeonato interno. Perdi feio. Até no squash, sou medíocre.

Deixei Karen para outro dia. Liguei para o Derek de manhã, perguntei se ele queria ouvir os arquivos. Ele pediu para eu dar uma passada no consultório. Não achava sensato eu abrir estes depoimentos. "Melhor conversarmos primeiro", ele me disse.

Derek é meu contemporâneo da faculdade. Como eu, detestava clínica, e, quando embarcou na Psiquiatria, se apaixonou por Freud. Fico pensando como um cara inteligente gosta desse blá-blá-blá psicanalítico. É muito baixinho, forte, parece um trabalhador braçal, mas sua cultura nos deixava sempre boquiabertos: ele fala alemão, francês e sabe tudo sobre literatura russa. Os professores o adoravam. Só o reencontrei depois que Karen ficou doente. Ela o detestava. Achava ele canastrão, querendo demonstrar uma idade ou maturidade que não tinha. Karen ria quando descrevia o consultório dele, cheio de retratinhos de Freud. "Um incenso sempre aceso, mas um divã fedorentíssimo", reclamava.

Derek me recebeu na porta, entrei e logo vi o divã. Acho que ele se assustou quando eu resolvi deitar. Karen tinha razão, o divã fedia a mofo. Ele ficou silencioso, expliquei que resolvi ficar com os arquivos. Derek foi muito insistente, achava que não era prudente. Os mortos não conseguem desfazer mal-entendidos.

Poderia haver pontos mal esclarecidos, e ele, devido ao segredo médico, não poderia ajudar. Perguntou se eu já tinha feito alguma terapia; afirmou que conviver com alguém com depressão grave, por tanto tempo, pode deixar sequelas... a pessoa fica contaminada, e anotou um nome e telefone em um cartão, pensando que eu talvez fosse precisar.

Fiquei intrigado, mas agradeci, com sinceridade, e contei que estava me cuidando. Procurando aumentar minha rede social, fazendo sessões com minha psicanalista cega regada a cerveja, correndo e jogando squash, lendo o Milan Kundera e me relacionando com outras mulheres. Já havia até levado um fora. Ele riu.

Estávamos nos despedindo quando me perguntou se eu havia lido um livro sobre a vida de um médico neurocirurgião que também jogava squash, era do Ian McEwan e se passava num só dia. Chamava-se *Sábado.*

Nos despedimos, e no corredor do prédio concluí: eis um cara que realmente admiro, e fui jantar sozinho um filé ao poivre, no Gratzi.

CAPÍTULO 12

"E a vida sem amor não passa
de um longo tédio."
Hanif Kureishi *(Intimidade).*

Acordo com o Skype tocando. Deixo tocar. Sally deixou uma mensagem. Está em Ann Arbor e vai correr amanhã.

Resolvo amanhã se vou encontrá-la.

Já estava pensando que tinha levado outro bolo, e indo embora, quando a reconheci com a roupa de mulher gorda descendo do carro.

Foi um alívio quando a vi loura novamente. Sorri. Ela me disse que viu na tarde de sábado a minha mensagem, mas já estava totalmente envolvida com outros compromissos. Falei bem rápido para não perder a coragem. "Vi sua foto no Moma, estava linda." Ela riu e disse para não me escandalizar com o decote. Eu disse que me escandalizei foi com o namorado dela, "muito novo!", falei alto. "Paul e eu somos como você e Debbie. Amigos, parceiros sexuais." Sally falou bem calmamente! No fim de semana, promoveu um filme, um lançamento, e como ela foi produtora também, teve que trabalhar. *Business*. Perguntei se era o *remake* do *Ladrão de Casaca*, e ela falou que não, surpresa pelo meu interesse.

Ainda iriam fazer a montagem do *remake*. Estava promovendo um filme sobre mulheres que ajudaram a mudar a política racial americana. Muito bem. Corremos uma hora. Nos despedimos. Fui trabalhar, mas pensei nela o dia todo. Cara de pau! "Paul é meu parceiro sexual..." Parecia uma devoradora de homens falando.

Liguei e a convidei para jantar. Ela riu e disse que quase havia se convidado, mas ficou sem graça. Quem iria cozinhar? Eu sugeri um nome de restaurante, ela rejeitou: detestava comida em caixas. "Vamos fazer uma salada e pronto."

Ok. Fui ao Whole Foods e enchi o carrinho de todos os tipos de folhas, tomates pequenos, amarelinhos, uns três tipos de cogumelos e vários tipos de molhos e mel. Vi uma laranja muito esquisita, se chamava A Mão de Buda. Tinha extensões como dedos na casca amarela, era isso mesmo, parecia uma mão! Não sabia do que Sally gostava, magra, deve ser vegetariana, mas só uma salada não vai me alimentar. Comprei um filé de salmão pronto, recheado com cuscuz de camarão e planejei sumir com a caixa, logo que chegasse em casa. Parei para comprar o livro do Ian McEwan e me atrasei. Frank me olhou com cara feia quando saltei na porta de casa. Estava sentado na frente da Mercedes e fazia frio, ele parecia estar recuperado da cirurgia. Sally riu, quando viu a quantidade de compras. Liberou Frank para ir embora.

Deixei as compras na porta da cozinha. A agarrei com tanta força, que ela gritou e me pediu calma. Foi me beijando como se beijasse uma criança, um doente. Deitou-se comigo, e, para minha surpresa, dormi logo. Quase duas horas. Me lembrei de que Milan Kundera disse que o amor se expressa pelo desejo de sono compartilhado. Quando dormimos com alguém é que realmente o amamos. Fiz a salada e esquentei o peixe. Sally aprovou e disse que comia de tudo. Adorava pão. Eu me senti um dono de restaurante destinado à falência. Havia me esquecido do pão. O telefone tocou e era Debbie, queria saber em que data poderíamos marcar a viagem para o México.

Tentei explicar que era meio complicado viajar agora, mas ela insistiu em vir até a minha casa e me mostrar os pacotes. Sally fechou a cara e fez um sinal de que iria me esmurrar se eu não desligasse. Terminei a conversa prometendo que ligaria outro dia, estava mesmo ocupado.

Sally viu os livros na minha cabeceira. Folheou o Milan Kundera. Está se identificando pela história de Thomas? Ela perguntou, parecendo curiosa. Achei engraçado, mas lembrei que os personagens morrem no final. Não planejava esse fim para nós.

Vou ler o livro *Sábado*, quem sabe o neurocirurgião inglês tem mais respostas para mim.

Sally segura e acaricia a minha nuca enquanto fala empolgada sobre um roteiro de filme que quer produzir. Fico excitadíssimo, tento disfarçar. Finjo acompanhar a conversa, repetindo as últimas frases. Insuportável. Mas o que veio a seguir foi assustador. Me olhou maldosa e, apesar dos meus protestos, não parou. Me amarrou com lençóis e disse que me mostraria o que aprendeu sobre sexo tântrico. Foi a pior transa da minha vida e a mais rápida também. Parece que eu e Bill Clinton deixamos provas em um vestido.

Fingi dormir, humilhado, e ela foi colocar o vestido na máquina.

Quando voltou, me viu ressonar e se deitou de lado.

Fiquei pensando em como era o sexo com Karen, como fomos nos acostumando um ao outro durante o namoro e o casamento. Aprendíamos por tentativa e erro. Comecei a falar sobre isso com Sally e falei bem alto, tentando fazê-la entender ou me perdoar, sei lá. Sexo é aprendizagem. Nem sempre é bom. Melhora com o tempo. Sally concordou, mas me disse que para ejaculação precoce é bom treinar o controle com boquete. E ficou me ensinado a controlar minha excitação. Mais uma humilhação? Até que foi divertido, mas deixei claro que achava que precisava de outras sessões para cura definitiva. Ela gargalhou alto e perguntou pelos meus planos para o sábado. Desconversei e lembrei que tinha a exposição de Rachel amanhã. Ela revelou que tinha vindo para Ann Arbor por causa disso. Ponto para Rachel. "Eu jurava que tinha sido por minha causa", falei sarcasticamente.

Cheguei cedo à casa de Rachel para ajudar, mas só encontrei a Anna. Ofereci uma carona para ela. A menina entrou no carro já com os *headphones*, não parecia querer conversar.

Perguntei pela escola, se ela pretendia fazer o *College*. Anna contou que talvez. Ia depender dos empréstimos que teria que fazer. Acha difícil conseguir uma bolsa e pensa que "estudar talvez fosse um engano, nada mudaria sua condição de filha de empregada e imigrante". Falei que eu me sentia muito grato pela dedicação que ela teve com Karen. Ela me olhou de relance e disse que ninguém poderia ajudar a alguém como Karen. Desta vez, quem a olhou com curiosidade fui eu.

A exposição tinha várias peças multicoloridas, gigantes, que eu já conhecia. Olhei no prospecto e o nome da exposição era "Do que consigo me lembrar". Havia uma peça toda vermelha, com formatos irregulares, totalmente diferente, que estava isolada das outras. O nome da peça era "O que eu posso ver". Essa era a surpresa de Rachel.

Noah estava eufórico, falava alto, o vermelho talvez fosse um sinal de que o tratamento da Filadélfia estava começando a mostrar resultados. Rachel diz que era só isso. Um vermelho aparecia, de vez em quando. Sally, quando me viu, fez um aceno discreto. Havia alguns fotógrafos. Fui embora. Queria ouvir os arquivos de Karen.

CAPÍTULO 13

"Tu que consolas, que não existe
e por isso consolas."
Fernando Pessoa *(Tabacaria).*

Foi difícil ouvir a voz dela depois de tanto tempo. Fiquei nauseado e tonto. Karen começava lendo uns trechos de uma obra de Freud. Era uma voz monótona, lia com desdém. "O sonho é a realização de um desejo, um temor realizado ou uma lembrança. Sonho toda noite com coisas diferentes. Sou mais uma personagem freudiana? Sonhei algumas vezes com alguém amassando minha boca, que ficava deformada. Minhas pernas eram pequenas como as de uma anã. Não conseguia fugir, aceitava o que faziam e me sentia recompensada por não precisar mais falar.

A depressão me fez conhecer todas as drogas, algumas melhores que as outras, e por poucas horas, me sinto forte, recuperada, capaz. Mas minha rainha ordena: cale-se. Me calo e durmo. Meus sonhos são menos assustadores quando me medico." Há um silêncio e depois Karen continua. "Avisei que não vou ao consultório, e hoje vou falar com você no gravador. Minha mãe, Alícia, me proibiu, uma vez, de falar sobre os meus sonhos. Duvidava e afirmava que minha imaginação era exagerada. A proibição foi logo depois que eu contei para ela meu sonho de anã. 'Meu pai saiu de casa quando eu tinha nove anos, minha mãe recebia um cheque e só. Era o único contato com ele. Logo depois a rainha surgiu e, com a sua voz delicada, decidia tudo por mim.' Fiquei medrosa; síndrome do pânico, um médico diagnosticou. Minha mãe não acreditou, achava que eram os hormônios. Tinha acne, estava gordinha. Fui a mais dois médicos. Me sentia maluca por acreditar em alguém me mandando fazer as coisas, mas a rainha era como uma mãe carinhosa que me protegia de tudo, me fazia companhia, me elogiava, solucionava todas as minha dúvidas e fazia tudo para eu ser mais feliz. Me ensinou a ser magra, a gostar de teatro. Tinha 14 anos quando soube, por uma tia, que meu pai se casou de novo, mas não tinha filhos.

Nesse dia, quase morri tomando todos os remédios da gaveta da minha mãe. Um psiquiatra disse que eu precisava de antidepressivos, e a rainha concordou com ele. Só parei de tomá-los quando fui morar em Ann Arbor. Subitamente, a rainha sumiu, desistiu de mim. Eu me sentia dona de uma energia inesgotável.

Estava curada. Daniel era como um presente bem merecido, alguém que eu pudesse ajudar. A dor é inevitável, mas o sofrimento, opcional. Falei um provérbio para Daniel. Ele escondia muito mal todo o medo que sentia. Um fraco com culpa. Odiava o pai, que foi sempre muito injusto com ele. Nós dois, longe dos nossos pais, éramos felizes, finalmente. Tentei dizer não, várias vezes, àquela relação tão fadada ao insucesso, frágil, burguesa, mas Daniel me queria e pronto.

Foi logo depois do casamento que senti a rainha acordando e se recompondo dentro de mim, oferecendo ajuda. Retomei meus remédios.

Daniel só pôde assistir. É tão impotente, tem um medo infantil do destino desastroso que o pai lhe previu. Eu também temo minha rainha. Ela previu a minha demência. Sexo com Daniel é como uma tortura interminável, cada vez mais insuportável. Prozac, Alprazolan e Valium tiram todo meu desejo. Finjo gostar."

Mais um silêncio.

"Queria ajudar essa menina, Anna parece tão desprotegida, ter tanto medo como eu.

Dormir, dormir é a ordem da realeza. Daniel não vê o óbvio. Vou ser a terceira demente na família. Insiste que eu me trate. Deixo para você analisar o meu sonho de anã sem boca, como um brinde de uma demente.

Anna é tímida. Mas não tem sonhos ruins. Tudo vai dar certo para ela.

Ela me mostrou um arquivo com fotos de Daniel e uma mulher na Itália. Só senti um alívio... que bom, ele parece apaixonado. Talvez consiga ter a filha que tanto quer. Fiz um seguro de vida para ele. Não terá com que se preocupar no futuro, será o meu presente eterno.

Rachel vive me ligando, querendo me ajudar. Peço para Anna despachá-la. Não sei como Rachel consegue viver sem enxergar. Não suporto vê-la toda atrapalhada, tentando comer sozinha. Somos duas condenadas. Eu, muda e, ela, cega. Alícia não permitia que eu e Mark lembrássemos do meu pai. Uma tia me disse que mamãe acusava meu pai de ser um pervertido. Eu me lembro da última vez que o vi... ele havia se deitado do meu lado, sua respiração ficou diferente, mais rápida, sua mão estava em minha perna e eu já estava quase dormindo. Minha mãe apareceu, de repente, e gritou muito alto, e ele saiu rápido de casa. Desde aquele dia, mamãe me proibiu de falar sobre isso.

Não tenho escolhas, sigo as instruções e faço a vontade da minha rainha e de Alícia.

A rainha é alta, como minha mãe. Eu sou morena, baixa. Puxei ao meu pai. Sempre temi o dia que Alícia me expulsasse de casa também. Obedecia a suas ordens.

Quero deixar Daniel, não aguento mais ver aquele olhar. Primeiro era de pena, agora é um pouco de tolerância, um pouco de desprezo. Como um olhar que se dá a um pedinte de esmola. A rainha me instrui que não. Devo ficar e ver esse olhar de desdém sobre mim. Daniel acredita numa melhora que não virá. A primeira coisa que pergunta, quando chega em casa é se eu tenho novidades. Talvez deva contar meus pesadelos para ele. São sempre novos, diferentes.

Quando percebi que não conseguiria amar meu marido, o traí com alguns homens que ia conhecendo no teatro. Queria saber se podia desejar alguém. Não consegui. A rainha não permitiu.

Esqueço palavras, esqueço onde estou. Não sei viver sem meus remédios... se a rainha deixar, vou dormir e acabar com esse medo.

Não quero acordar demente."

Foi a última gravação de Karen.

Ouvi tudo com um copo cheio de uísque na mão. Não bebi, continuava enjoado.

Abro os arquivos de e-mail e procuro todos com arquivos indexados. Achei dois e-mails de Tânia. Há fotos em um e no outro, o poema traduzido do Fernando Pessoa, que se chama Tabacaria. Lembrava que era sobre uma menina comendo chocolates. Algo escrito, logo no início, me chama atenção:

> "Não sou nada.
> Nunca serei nada.
> Não posso querer ser nada."

Continuo lendo e me assusto; todos os sentimentos que eu ainda não tinha elaborado me descreviam, como se o poeta falasse sobre mim.

"Fiz de mim o que não soube
E o que podia fazer de mim não o fiz.
O dominó que vesti era errado.
Conheceram-me logo por quem não era e não desmenti, e perdi-me.
Quando quis tirar a máscara,
Estava pegada à cara.
Quando a tirei e me vi ao espelho,
Já tinha envelhecido.
Estava bêbado, já não sabia vestir o dominó que não tinha tirado.
Deitei fora a máscara e dormi no vestiário
Como um cão tolerado pela gerência
Por ser inofensivo
E vou escrever esta história para provar que sou sublime."

O poema me resumiu. Achei que fosse chorar, senti uma angústia incontrolável, tomei todo o uísque. Fiquei com raiva de Karen por viver uma mentira, não ter confiado em mim. Mas ela talvez estivesse certa, eu medíocre, egoísta, iria covardemente fingir que tudo isso nada tinha a ver comigo e pronto.

No outro e-mail, havia fotos da viagem da Itália e foram enviadas por Tânia para o meu e-mail pessoal. Não consegui entender o que Anna pretendia ao mostrar as fotos para Karen.

Desligo o telefone. Amanhã falo com Sally.

No Labtech, há rumores sobre minha ida à Universidade Colúmbia e uma possível proposta. Miss Philipps me contou enquanto comíamos os sanduíches. Eu confirmo a entrevista, mas digo que estou em dúvida porque no Labtech, além do salário, tenho lanches deliciosos e o sarau literário do almoço. Eu falo sobre o poema de Fernando Pessoa para Miss Philipps. Prometo comprar para ela, como presente de aniversário, um livro de poemas dele. Miss Philipps avisa que foi há três meses e tem certeza que eu participei da cotinha que fizeram no laboratório. Foi um suéter de caxemira da Macy's. Rimos juntos. Conto sobre minha paciente da clínica, o amor que tem pelos gatos e o desprezo dos filhos por ela. Miss Philipps me lembra de que toda história tem duas versões, como na Insustentável Leveza do Ser. Havia a versão de Tereza e a versão de Thomas. Eu concordo, admirado com a maturidade dessa mulher. Seria bom ouvir a versão dos filhos.

À noite, Sally estava curiosa, me achou triste, cabisbaixo. Contei sobre a gravação, mostrei o poema. Ela concordou que era bonito, mas disse que poesia para ela era que nem horóscopo. Haveria sempre algo de nós em sentimentos tão universais.

Perguntou de novo pelo sábado. Expliquei sobre a clínica, que poderia estar livre à noite, depois das nove horas, porque Michel Kepps havia me convidado para jantar. Sally concordou, pensativa. Tinha que viajar no domingo, bem cedo. "Eu não poderia ir com você ao jantar?" Eu quase concordei, surpreso com a proposta. Seria nossa primeira aparição juntos.

Mas pensei melhor: Michel Kepps não merecia a invasão dos *paparazzi*. Ela só balançou a cabeça, concordando.

A clínica parecia um inferno quando cheguei. Duas emergências, uma delas era a senhora Hernandez, a mulher dos gatos. A outra era uma mulher com melena. Senti o cheiro na porta da clínica. É um fedor inesquecível que não sentia desde o tempo da faculdade. Uma hemorragia digestiva volumosa produz fezes com sangue coagulado e deixa um cheiro insuportável, podre, que invade todos os ambientes. Fui ajudar a atender a senhora Hernandez. Uma filha assistia aos procedimentos. Decidi colher melhor a história clínica. Ela me contou que a sra. Hernandez vivia sozinha e se recusava a morar com qualquer dos três filhos para não ficar longe dos seus dez gatos. A mãe sempre teve problemas para conviver com pessoas, a filha continuou contando, "mas estes pioraram depois que a doença respiratória se agravou. Desde quinta-feira, está passando mal, mas não quis vir por que um dos gatos sumiu".

A ambulância chegou para levar a sra. Hernandez, e todos estão preocupados com a transferência. O tubo foi posicionado, os catéteres, a pressão arterial novamente checada. Lucy está coordenando tudo.

Vou ver os pacientes do consultório. São poucos. A maioria dos pacientes não aguentou ficar por causa do odor de podridão da clínica.

O quarto paciente é o rapaz viciado em analgésicos, Juan. Disse que estava contente em me ver, mas precisa realmente de algo para dor. Resolvi conversar, deixo ele falando, e pergunto pela família. Ele me disse que já frequentou dois serviços de desintoxicação. Mas a dor é implacável. Ele não resiste muito tempo. Às vezes, *marijuana* ajuda. Vi um relatório antigo, de três anos atrás, uma ressonância nuclear magnética e uma eletromiografia. Peço os dois exames de novo e prescrevo aspirina e paracetamol. Ele riu, disse que com tanto remédio ele ia terminar intoxicado. Geralmente, os exames demoram dois meses.

O cheiro da melena me deixou sem fome, pensei enquanto a mulher de Michel Kepps entregava duas cervejas e se apresentava. Era muito magra, baixa, seus olhos saltavam do rosto pequeno, muito expressivos, cordiais. Ela me lembrava de alguém. Fez um risoto de limão siciliano e *shitake* e *meatball* de carne de porco. Perfeito, a fome voltou. Eles tinham três filhos, dois moravam em Ann Arbor. Um, para minha surpresa, era um dos detetives que me interrogou. Tinha os olhos da mãe. O outro filho ainda estava no *College* e a menina estudava Filosofia. Nos cumprimentamos. O rapaz se chamava Paul. Ele foi bem direto, afirmou que a investigação era passado. Apertamos a mão. Falei da fita de Karen, que havia encontrado, e achava que teria facilitado a minha defesa. Ele discordou. O júri poderia ter se apiedado com a voz dela. Mas pelo menos a história do seguro poderia ter sido descartada, e esclareci: o promotor me acusou de ter convencido Karen a fazer esse seguro e ter facilitado a overdose. Havia muitas receitas com minha assinatura.

Paul se despediu logo, estava de plantão esta noite. Estávamos sozinhos quando Michel Kepps explicou que promoveu meu encontro com o seu filho detetive para não haver mais dúvidas. Disse que a clínica me ajudaria a retomar minha dignidade, minha vontade de viver. Ele acha que muitos voluntários, na verdade, estavam se tratando. A medicina, o cuidado com pessoas tão carentes, sofridas, amadurece. Ele já havia visto a solidão e descrença transformadas em solidariedade e compaixão pelas pessoas. Eu vi, durante o jantar, Michel Kepps conversando com Paul, como fazia com seus pacientes. Com atenção, tolerância, aceitando naturalmente as diferenças de opinião. Estava estudando Filosofia, pois se sentia um desinformado, perdido, quando ouvia a filha explicando Kant.

Com a esposa, percebi que havia uma cumplicidade, trocavam olhares, se tocavam. Michel Kepps segredou que Henry, o filho mais novo, estava namorando uma mulher branca. Ele fez um comentário sobre como o filho era corajoso em suportar os olhares de recriminação dos negros. Brincou que queria netos mulatos com um nariz bem afilado, mas com o cabelo do avô. Maravilhoso, cheio. Enquanto falava, o vi passar a mão na calvície bem avançada. Ele riu com vontade da piada que fez dele mesmo. Contei sobre minha viagem ao Brasil, onde o povo era muito miscigenado. Ele previu que talvez, em 30 anos, o preconceito finalmente teria acabado e, claro, poderia se casar com uma viúva loura. Loretta ouviu e o ameaçou com uma frigideira. Rimos um bocado. A sobremesa era receita de família: torta de maçã com crocante de caramelo. Repeti duas vezes. Estava ansioso para saber mais sobre seu passado com as irmãs. E Michel Kepps concordou em continuar. Ele é como Margareth, minha vizinha inglesa: não recusa uma conversa, muito menos tem pressa para terminar. E Michel Kepps continuou sua saga:

"Estava naquela vida de explorador de africanos e quase cafetão de uma prostituta por quem me apaixonei até que recebi más notícias sobre minha mãe em New Orleans. Em quase dez anos ela só mandou duas cartas, e eu desisti de saber notícias depois que soube que ela teve mais filhos. Jesse me aconselhou a procurá-la, sempre a ajudou quando minha mãe escrevia pedindo dinheiro, mas dessa vez parecia ser mais urgente, os parentes da Beth, a cozinheira, que avisaram que era grave. Cheguei em New Orleans à noite em um dia quente, úmido, devia estar fazendo quase 90 graus Farenheit, e fui até o hospital que me indicaram, se é que se podia chamar aquilo de hospital. Era um prédio velho com dois pisos, lotado de gente em macas pelos corredores. Negros, somente negros. Não sabia como localizá-la, e perguntei a uma enfermeira, que me disse para eu procurar, pois os registros estavam sempre desatualizados. As paredes eram úmidas, descaiadas com o mofo, e no chão vi restos de comida e algumas baratas. Minha mãe estava em um canto do corredor, sozinha, no segundo andar. Eu a vi tentando alcançar um copo de água que estava pendurado quase caindo de uma janela aberta. Caquética, em uma maca pouco segura, que se movimentava toda vez que ela se abaixava. Parecia ter uns 80 anos, mas a reconheci logo ao ver seus olhos pequenos como os meus, seu cabelo estava quase todo grisalho. Ela me olhou com indiferença. Me apresentei com a voz emocionada e ela, mesmo assim, não parecia ter reconhecido meu nome. Ajudei com o copo, minha mãe se cansou com o esforço de se mudar de posição, respirava rápido, sua boca tinha feridas e cheirava a urina. Sua mão e seus braços estavam com manchas roxas que pareciam chagas, marcando o trajeto das veias visíveis. A enfermeira me reconheceu e comentou sem tentar disfarçar a indiferença de sua voz: 'Então essa é a sua mãe? Está morrendo de câncer no ovário. Está vendo a sua barriga enorme? Não podemos fazer nada, queríamos mandá-la para casa, mas a família a largou aqui e nunca mais voltou'. Eu pensei em negar que era o filho dela, imaginando que eles passariam para mim a responsabilidade de cuidar dela, mas desisti. Falei gaguejando que não a via há dez anos, etc., etc., e a enfermeira, me sorriu com desprezo, como se eu fosse responsável pela doença e caquexia de minha mãe. Não consegui fugir dali, me vi preso àquela maca, com medo de um novo julgamento que a enfermeira poderia fazer.

À tarde minha mãe já delirava, ainda sem me reconhecer, vi seu suor ficar frio, suas extremidades arroxearem e sua falta de ar aumentar, uma sombra rodeava seus olhos que já não abriam. Fazia um ruído estranho, como se sua garganta estivesse cheia de água. Era vômito, pude ver quando tentei limpar sua boca, levantei seu travesseiro, mas ela morreu asfixiada com aquela secreção que vinha de seu estômago. O hospital era para negros, uma obra social que parecia não receber doações há vários anos. Havia pacientes demais, e só vi aquela enfermeira desconfiada trabalhando nos dois andares por onde andei. É lógico que não priorizava os pacientes terminais. Minha mãe demorou umas duas horas até ser removida para o necrotério. Eu que coloquei um resto de lençol rasgado sobre seu rosto para tentar esconder toda a sujeira que os vômitos deixaram. Peguei o endereço que havia na sua ficha de admissão. Paguei ao necrotério as despesas do enterro e fugi correndo daquele lugar. Encontrei a casa da minha mãe facilmente, ficava próxima ao Jackson Square, em uma parte mais pobre, não parecia com a descrição que a cozinheira havia me feito da casa que minha mãe havia comprado quando me vendeu para Adélia. Era mais um sobrado decadente, a pintura já havia sumido e as portas estavam escoradas por madeira. O bairro era sujo, cheio de gente desocupada, as crianças ficavam encostadas nas janelas e as mulheres sentadas na calçada em frente às casas. As pessoas me olhavam curiosas enquanto bati várias vezes na porta do sobrado, mas não apareceu viva alma para me atender. Nenhum vizinho se ofereceu para me dar alguma informação. Havia um cachorro magro na frente da casa que me seguiu até a esquina. Entrei em um bar, tomei dois uísques e me senti melhor. Havia duas moças negras, magras, até bonitas, longilíneas e parecidíssimas, no balcão do bar. Fizeram piada com meu sotaque e pediram uma dose da bebida falando com um sotaque crioulo. Paguei com satisfação. Minha queda por prostitutas reacendeu. Elas não eram tão bonitas como a minha atual protegida, mas eram tudo de que eu precisava naquele momento: a atenção das putas. Bebi mais umas três doses com elas, foi me dando sono, me sentia bêbado, mas não quis explicar para as garotas o que havia me trazido àquele bairro. Depois da quarta dose, já havia me esquecido do motivo... ouvi sonolento uma história fantasiosa das duas e me ofereceram *chili* e uma cama com elas duas: "mulheres insaciáveis", se descreveram. Eu prontamente as segui até a esquina. Vi o cachorro de novo, o chutei e fiquei sóbrio imediatamente quando vi uma das moças, a Nadine, perguntando por que chutei o cachorro dela. Minhas suspeitas se confirmaram quando Nadine e Denise se dirigiram ao barraco, que eu já conhecia. Vomitei ali mesmo, na rua sem calçada, em frente ao barraco. E me afastei correndo daquele lugar. Foi voltando para Nova York que decidi que iria voltar para o *College* e fazer medicina. Chega de vida de cafetão.

Adélia mais uma vez me apoiou. Fiz química no Howard College, em Washington D.C., e depois a escola médica. Foram anos muito bons. Era uma faculdade que já admitia negros, ainda havia discriminação, mas não era tão acintosa. Me dediquei o máximo que pude, mas não deixei de aproveitar as festas do College. Conheci minha mulher em uma dessas festas, fazia serviço social. Era uma idealista ativista do movimento dos direitos civis, não poupava ninguém: ricos, brancos, judeus... todos eram culpados pela segregação, pela miséria. Participava de todas as passeatas e queria que eu fosse junto. Minha desculpa era que eu tinha de estudar. Morria de medo que ela descobrisse meu passado. Adélia resolveu meu dilema em um domingo. Apareceu sem avisar e foi entrando no apartamento, como perfeita mãe judia, não ia deixar de ter uma cópia da chave do apartamento do filho. Ela nos pegou no maior amasso. Nunca a vi tão brava, mesmo quando eu saía com as putas, sua reação era de indiferença. Fez um discurso para nós dois, me chamou de ingênuo: 'Engravidar colega em faculdade é fazer papel de idiota, golpe da barriga, não sabia? Tão previsível que alguma interesseira tentasse isso, sabendo que eu era um herdeiro'.

Loretta riu nervosamente, pensando que era alguma louca que havia invadido o apartamento, mas quando viu meu silêncio e minha falta de reação, desistiu e me olhou estupefata perguntando, incrédula, enquanto vestia a blusa, quem era 'a branca maluca' na minha sala. 'Um caso seu? Sai com velhotas brancas também?' Adélia encheu a boca para responder, e, pela primeira vez, a ouvi dizer: 'Ele é meu filho, sua oportunista'.

Fugi para a Suíça com o pretexto de fazer o internato, frustrado com a reação de Loretta, que se recusava a falar comigo; escrevi uma carta, mas não obtive resposta. Adélia havia me saído uma perfeita mãe judia, '*non sense*', devido às circunstâncias, e é claro que iria querer aprovar a minha esposa...

Consegui também escapar de uma convocação para servir o exército. 'Na Suíça será mais fácil fazer o internato, porque as melhores faculdades dos Estados Unidos ainda mantêm restrições aos negros para o internato', me convenceu Adélia. Fomos para Suíça... eu sempre acatava as sugestões dela. O internato me deu segurança para fazer pequenos procedimentos, mas queria fazer residência em medicina interna no Howard University Hospital, e ao mesmo tempo sonhava com a oportunidade de encontrar Loretta e explicar detalhes que não esclareci totalmente na carta. Terminei a escola médica apaixonado pelo raciocínio clínico, admirando o método socrático, me apropriando da linguagem médica, e cada vez mais satisfeito com a aura de respeito que Adélia demonstrava quando se referia ao meu diploma."

Me despedi, já imaginando como foi a batalha ganha por Loretta contra Adélia, o que com certeza farei Michel Kepps me contar em outra oportunidade.

Fiquei pensando enquanto dirigia lentamente para casa que talvez fosse isso que fizesse alguém crescer bem, um passado com pais fortes, presentes, com um amor incondicional... Michel Kepps também formou uma família assim: com boas piadas, sem ameaças, abusos, os filhos respeitados e admirados. No livro de Ian McEwan, Henry Perowne, o neurocirurgião do livro, também aceitava os filhos, que eram tão diferentes, mas tinham os mesmos bons valores. Como os filhos de Michel Kepps.

Durante o jantar recordamos algumas pessoas da época da faculdade de medicina, mas ele só se lembrava dos nomes dos estudantes que igual a mim tinham algum tipo de dificuldade. Michel Kepps havia se esquecido de Derek, por exemplo, que era um dos estudantes mais brilhantes. Fiquei curioso, e não me senti intimidado para pedir para ele me contar como foi que ele conseguiu ser professor na faculdade de medicina, em Michigan, um estado que foi um dos últimos a deixar de ser segregador nos hospitais. Imagino que o dinheiro de Jesse tenha ajudado. Michel Kepps por mais duas horas resumiu uma parte de sua vida, gosta de contar boas histórias, e tem uma qualidade que eu admiro, não faz pré-julgamentos, aceita as pessoas com suas fragilidades, fraquezas, com naturalidade. Me prometeu contar como conseguiu ser professor na faculdade de medicina, em outro almoço.

Sally ficou me esperando! Via um filme no DVD. Ficamos conversando no sofá. Só poderia voltar, talvez, no outro mês. Eu falei que jamais arriscaria encontrá-la em Nova York de novo. Ela sugeriu México. Vi que ela estava com ciúmes, achava que meu jantar tinha sido com a Debbie. Contei que fiquei me questionando sobre se seria capaz de ter uma família, ao conhecer a família de Michel. Eu seria um pai invejoso, como foi o meu? Ela, como sempre, ficou em cima do muro. Pensei em me lembrar de discutir essa dúvida com Rachel.

Sally me trouxe um presente. *Conhecer uma mulher*, de Amos Oz, um livro de um autor hebreu. Se lembrou dessa história quando eu contei sobre a gravação de Karen. Sally acredita que talvez me ajude a absorver melhor tudo que eu ouvi. Não sei, os livros que li até agora só me deixaram mais perplexo, questionador, não me tranquilizaram em nada. Preciso estudar mais medicina interna e fazer um curso como o ACLS, deixar as novelas para as férias. Férias com Debbie ou Sally? Fiquei me perguntando...

Eu jurei para Sally que iria recusar qualquer encontro com Debbie até mês que vem. Falei que havia uma proposta de trabalho em Nova York. Ela ficou bem animada. Começou a fazer planos de nos vermos toda semana. Eu avisei que precisava pensar muito.

Era frustrante saber que ficaria tanto tempo sem vê-la. Beijei-a com calma. Nos despedimos sem pressa. Não era sexo tântrico, era sexo de um casal em bodas de prata. Intuímos o que um queria do outro. Muito bom.

Liguei para Rachel, ela disse que Anna não aparecia desde o dia da exposição. A menina era muito introvertida e não estava indo bem na escola esse semestre. Rachel pensava que Anna endeusou Karen, e percebeu que a menina tinha uma teoria muito infantil sobre o suicídio, achando que Karen finalmente havia alcançado um lugar melhor para viver. Eu contei sobre as fotos, deduzi que talvez Anna se sentisse culpada. Rachel não concordou. Ela me intimou a comprar uns livros para Anna quando fosse à livraria, e sugeriu Harry Potter. Nos despedimos; sabia que tinha de discutir algo com ela, só não lembrava o quê.

Noah queria conversar sobre o artigo dele. Me explicou passo a passo sobre como estava estudando o fator de supressão tumoral, e me falou de duas técnicas com remodelação do RNA, e de como usou vírus mais complexos para acompanhar e definir o prognóstico da doença de Huntington através do número de remodelações que ele conseguia prever com as novas técnicas. Perguntei de quem eram essas duas técnicas. Ele disse que ainda estava insatisfeito com alguns procedimentos, mas eram dele. Eu ri alto. Esse é o Noah, não enxerga dinheiro bom, só dívidas! Expliquei que, se ele criou as técnicas, tem direito à participação no lucro que o Labtech poderá conseguir com isso. Patentear para não perecer é o novo jargão! Ele ficou entusiasmadíssimo. Precisava da grana.

Fiquei esperando a Maria chegar, no outro dia, e perguntei pela filha. Ela disse que Anna parecia gripada, está desanimada, com dor no corpo. Perguntei se a menina poderia vir falar comigo, sobre as gravações, durante a semana. "Se Anna melhorar, claro que sim", prometeu Maria.

Comecei a ler o livro do Amos Oz enquanto via um *playoff* dos Lakers com Pistons.

Quando vi, já era sábado, mais um dia na clínica, e, pela primeira vez, a Dra. Jenny me cumprimentou e me convidou para um café na copa da clínica! Agora, sim, já me sinto um veterano.

Conheci mais dois médicos. Um deles, uns dez anos mais velho que eu, parecia um hippie, usava cabelos bem compridos com *dreadlocks* e já foi voluntário em Uganda. Contou histórias muito boas sobre como é fazer emergência, sem recursos mínimos, na África. Enfrentou até epidemia de cólera. O outro era muito novo, sorriso nos lábios, ansioso por agradar, e fumava escondido. Eu já estava me sentindo um sênior. O plantão com mais dois médicos estava muito calmo. Fiquei rindo comigo mesmo quando vi Juan, o viciado, na fila do Samuel, o médico com *dreadlocks*... ele deve ter deduzido que Samuel é mais liberal que eu.

Jennie me ofereceu umas torradas, e tinha uns biscoitos doces, mas vi que ela nem tocou neles. Também não toma leite e seu café é puro. Tem cicatrizes de acne bem profundas, um *peeling* não resolveria, deduzi. Já tinha histórias para contar, e, como todo médico que se preze, já comecei a falar de casos clínicos, sem pensar em discutir outro assunto, à mesa de refeição. Somos seletivos nos temas das conversas, quando nos juntamos só queremos falar de medicina, até com Noah isso acontece, acho que é um ato reflexo. Ela me perguntou de onde eu era. Falei sobre Seatlle, e ela ficou curiosa em saber por que fiz faculdade de medicina aqui em Michigan ("Para fugir do meu pai?", indaguei mentalmente). Preferi me calar. "Sou de Washington e fiz faculdade em Seattle, por isso perguntei", falou se desculpando. Ficou um silêncio prolongado. Eu falei sinceramente, "Seatlle era muito perto da casa dos meus pais". Ela riu. Que esperto! Por que não pensei nisso também para fugir da minha família católica irlandesa. Dayse apareceu e avisou que a sra. Hernandez estava melhorando bem lentamente. Foi visitá-la no hospital, mas a paciente ainda estava respirando com ventilação mecânica. Ofereceu umas tortinhas de maçã do McDonalds, comi duas já que Jennie recusou de novo. Elogiei a disciplina de Jennie. Ela riu. Não como doces, massas, leite, pois passo mal. Fiquei intolerante com a cirurgia bariátrica que fiz há cinco anos. Fiquei surpreso, ela é magérrima!! Mais um plantão calmo. Os visitantes de sempre atrás de oxicodona (a notícia do médico com *dreadlocks* correu como um foguete entre os viciados) e muitos pacientes gripados. Fiquei com pena de uma mulher com cólica renal, a dor não passou nem com morfina. Samuel sugeriu anti-inflamatório, funcionou. O ultrassom mostrou hidronefrose, o rim estava dilatado pelo cálculo no ureter e o exame de sangue mostrava infecção. Precisa ser internada, ficou a tarde toda esperando uma vaga. Dei o antibiótico depois de colher as culturas. A dor provocada pela cólica renal é uma das mais fortes em intensidade dos diferentes tipos de dores. É uma cólica inesperada, intensa, provocada pela presença de cálculos no rim, ureter ou bexiga. O paciente não consegue ficar quieto e vomita de dor.

Perguntei por Anna de novo. Maria revelou que ela estava esquisita, não era gripe. Vai ficar de recuperação de novo. Perguntei se poderia ir com ela até sua casa em Toledo, tinha comprado o primeiro livro do Harry Potter para ela.

Marcamos para quarta-feira.

Nevou horrores nessa madrugada, quase duas polegadas de neve por hora. Fiquei quase ilhado na minha rua.

Sonhei com Sally, acordei com calor, suado, o aquecimento estava em 88 graus F. Três dias sem nos falarmos no Skype. É muito tempo para um casal apaixonado.

O livro que ela me deu é de Amos Oz, um autor hebreu que não conhecia, e é sobre a falta de comunicação de um casal, intensificada pela doença epiléptica da única filha, Netta, e facilitada porque Yoel era um espião do governo e viajava muito. Como eu, ele só vai entender a mulher, Ivria, quando ela morre subitamente. O livro se chama *Conhecer uma Mulher*. Eu também só fui entender Karen depois de ouvi-la nas gravações. Era uma mulher muito doente, arrasada psicologicamente e proibida por Alícia de falar sobre o provável abuso sexual. Rejeitou o diagnóstico dos psiquiatras. Karen não teve nenhuma chance com uma mãe como Alícia e um marido como eu.

Na quarta, fui com Maria até Toledo... a pequena cidade com sua decadência e pobreza faz um contraste muito grande com a riqueza de Ann Arbor. Era uma residência pobre, não muito diferente das casas descuidadas daquela rua. A casa estava gelada, o aquecimento não era muito bom ou alguma janela estava aberta. A mãe estava preocupada, tinha medo de como essa história poderia terminar. A menina estava emudecida, magra, parecia doente sentada de frente para a porta aberta da cozinha. "Come mal", falou Maria, "a comida está aí do mesmo jeito como deixei", me mostrou enquanto fechava a porta. "Ela só aceita conversar sobre Karen", Maria me avisou. Resolvi contar para Anna o que sabia sobre a doença de Karen, o provável abuso sexual e a causa hereditária da sua doença. Falei como fui mau médico, incompetente, ao subestimar um quadro tão grave. Anna, de repente, começou a falar querendo me convencer de que Karen deveria estar muito feliz depois de morta. Expliquei que endeusar e romantizar um suicídio é muito comum entre jovens, e que ela precisava de ajuda. Dei o número do Derek para ela marcar uma consulta. Falei com Maria que pagaria o tratamento. Ela estava contagiada pela ideia do suicídio, mas tudo ficaria bem, se resolveria com o apoio de pessoas especializadas, terapia. Disse que era urgente e perigoso. Usei o tom de voz que aprendi com Michel Kepps. Entreguei o livro do Harry Potter e falei do grande fenômeno de vendas e dos inúmeros fãs, comunidades e *podcasts* na internet para ela se interessar.

Acho que Anna foi o primeiro diagnóstico que me fez sentir um médico. Uma profissão que se aprende com muita prática, vivência, exige envolvimento, compaixão. Michel Kepps tinha razão, a compaixão vicia. Fui embora mais tranquilo, passei pelo portão do zoológico, que é um do século passado, e pensei que poderia entrar para dar uma olhada. Mas o frio me desanimou. Fui ver o aquário na parte aquecida do zoológico e conheci o peixe mais esquisito do mundo: clown angler fish. Tem cara de gente e patas. Parece uma pessoa em miniatura. Desisti de ver os gorilas, o cheiro da jaula interna é insuportável. Os ursos e os lobos parecem os únicos felizes nesse frio todo. Foi até divertido esse passeio... se um dia tiver um filho vou trazê-lo aqui, comeremos pipoca caramelizada, cachorro-quente, maçã do amor. Farei todas as suas vontades, e vou estragá-lo, com certeza. Será que Sally pensa em ter um filho? Vou assustá-la se fizer uma pergunta tão direta. Agora começo a entender a Debbie e sua compulsiva vontade de ser mãe. Há passeios que só fazem sentido se for em companhia de uma criança. Minha mãe era incansável; passeávamos sempre no Aquarium, o Pionner Square em Seattle era nosso passeio de compras, visitávamos as lojas e as galerias de arte, e ela sempre ia se gabando que todos os proprietários já a conheciam. Havia um restaurante italiano que sempre frequentava, pois o maître a fazia se sentir uma rainha. Minha mãe me mimava, e era muito bom!

CAPÍTULO 14

"Que sei eu do que serei, eu que não sei o que sou?
Ser o que penso? Mas penso tanta coisa!"
Fernando Pessoa *(Tabacaria).*

Comecei a ter febrícula no fim de semana, tomei Tylenol e fui trabalhar. A clínica estava calma, conversei com a Jenny sobre Anna, estava me sentindo eufórico. Eu e Jenny fizemos um parto de uma mulher histérica que chegou em período expulsivo. Gritava que ia morrer, que não tinha feito pré-natal, pedia para ser anestesiada e para a levarmos a um hospital, mas não havia tempo, e faltava tão pouco! Trabalhamos juntos e foi uma delícia ver a cabeça do neném saindo. Jenny aspirou a criança, que estava cheia de mecônio, e ela berrou tão alto, como se fosse gente grande. Eu e Jenny rimos juntos. Fui retirar a placenta e tive um susto. Havia um bracinho saindo. Eram gêmeos. Gritei por Jenny. Nunca havia feito parto por apresentação córmica. Era algo muito perigoso, difícil até para especialistas. Ela olhou e falou bem séria: "Pobreza e miséria sempre andam de mãos dadas, não sabia?". Eu suava frio, mandei chamar todo mundo da clínica para ver se alguém tinha experiência. Jenny fez o toque vaginal e viu que ainda havia uma circular de cordão umbilical em volta do pescoço do feto. Ficamos tentando rodar a criança, mas a mãe era muito histérica, gritava repetitivamente que só precisava de um filho. Jenny parece uma caricatura de uma mulher feia e, quando fica séria, faz uma cara de psicopata que está escolhendo quem vai matar primeiro. Decidiu que iríamos fazer a cesárea ali mesmo. Gritou para a paciente ficar quieta e, quando a mulher não obedeceu, berrou com mais raiva. Fiquei com medo de Jenny fazer alguma coisa com a mãe. Quase rezei para ver se aparecia alguém mais experiente. Cesárea? E se houver alguma lesão, hemorragia? Decidi tentar mais uma vez e, dessa vez, quem berrou para a mulher ficar quieta fui eu! Quase desmaiei quando senti um "crack" de algo se quebrando. Vi que havia mudado a posição da criança e agora ela estava de nádegas. Pronto! Nasceu e chorou muito alto. Eu também. Jenny, cinicamente, me deu os parabéns pelo sangue frio. Pedi para ela examinar se o pescoço ou a clavícula não estavam quebrados. Jenny disse que só as duas perninhas. Eu tremi mais ainda. Ela riu de mim e disse que estava brincando, achava que estava tudo bem... "articulação de criança estala mesmo", mas pediria raio x de tudo. Contei que minha coragem apareceu do medo ao ver a "sua cara de psicopata capaz de matar a mãe", isso, sim. "Contra histeria, ou se seda ou se participa da encenação", Jenny me ensinou. Pediu um café para nós dois. Falou rindo que cara feia só assusta gente que tem algo a temer, como eu já fui inocentado, achava melhor eu ir me acostumando. Até que a gargalhada dela era muito gostosa. Saí mais cedo porque estava febril, achava que era pela excitação do parto, e o Tylenol não estava fazendo efeito. Dayse disse que eu estava com 39 graus Celsius. Minha cabeça latejava quando me mexia, e ouvia um som de tambor tocando muito alto que se alternava com um insuportável assovio estridente. A luz triplicava a dor. Não consegui dormir. Não sei o que fiz, mas acordei com alguém me amarrando os braços, me segurando. Gritei que não podiam me prender, que eu não era culpado, que Karen havia se matado.

Um fogo assustador começou a queimar tudo e subir pelos meus pés. Resolvi me explicar e comecei a escrever uma carta para Rachel, mas a tinta ia se apagando enquanto eu escrevia. As folhas de papel eram enormes, negras, maiores do que eu, e as letras não apareciam.

Gritei de novo e vi meu pai dizendo "Cuidado, cuidado... tudo isso vai custar muito caro. Processos são sempre muito caros".

Acordei de novo, sem saber se era dia ou noite com minhas costas doendo e uma água fria me molhava todo, entrando até nas minhas orelhas. Uma enfermeira me chamava de doutorzinho toda vez que me virava e me ensaboava. Vi Michel Kepps falando da minha visita à Amazônia com Noah e outros médicos. Sorri, querendo contar como foi legal nadar com os golfinhos cor-de-rosa. Tânia veio me dar a mão. Chamei-a de Sally. Debbie segurava meu pau, queria que eu doasse sêmen para seus filhos. Gritei socorro. Alguém queria me dar um antifúngico, eu ouvi. Outros disseram que eu estava séptico, precisava entrar no protocolo de sepse. Michel Kepps achava que era uma doença tropical. Eu tentava falar, mas havia um tubo na minha garganta. Uma luz forte não saía de cima dos meus olhos, me cegava e fazia minha cabeça doer mais, como se alguém a usasse como tambor. Os nenéns saíam todos de uma vez e eu os deixava cair. Jenny fazia a sua cara feia. Mandava eu segurar direito porque iriam nascer mais 13 cachorrinhos. Todos estalavam muito enquanto eu tentava tirá-los. Alguém me mandava virar para me limpar, e sempre me chamava de bonitão e doutorzinho e enchia as minhas orelhas de água quente enquanto me banhava. Pegaram uma veia no meu pescoço, acho que tentaram umas três vezes até acertar. Minhas costas ardiam, sempre tive dificuldade para deitar de costas. Quero me virar de lado. A enfermeira manda eu ficar quieto e diz bem alto que eu preciso ser sedado para tomar banho! Me chamou de porquinho. Alguém mandou eu respirar fundo. Ninguém entende que eu preciso me virar? É difícil ficar quieto. Tudo coça no meu corpo. Tudo dói. Estou morrendo. Que bom. Ou estou sonhando? Escrevi para Rachel, o que realmente aconteceu: Karen me pediu várias receitas. E eu dei. Foi isso. Eu sempre fazia as receitas que ela pedia, à medida que ela foi ficando mais doente. Acho que eu sabia aonde isso tudo iria terminar, não? Rachel disse para eu fazer várias esculturas grandes como a dela e colocar o nome "Eu posso contar", ou "Eu admito o que fiz", ou "O que desejei". "Podem me julgar."

Me assustei com uma moça dizendo que era fisioterapeuta, segurava minha mão e explicava que iriam tirar o tubo, mas ia deixar uma máscara bem apertada. Concordei, é claro. Uma vontade enorme de urinar. Falei com a voz rouca quando tiraram o tubo. Alguém palpou minha bexiga e disse que eu ia precisar de uma sonda vesical de alívio.

Acordei de novo com Michel Kepps me chamando. Ele me explicou que passei por uma meningoencefalite e uma pneumonia associada à ventilação. Estava internado há 15 dias na UTI. Havia dúvidas, no início do meu diagnóstico, pois o liquor estava inconclusivo. O PCR (reação de polimerase em cadeia) foi conclusivo só na segunda punção do liquor. Havia muitos especialistas palpitando o tempo todo, foi difícil chegarem a um consenso no tratamento. "Estes uteístas parecem apostadores de cavalos de corrida. Cada um tem o seu palpite preferido."

Foi mais difícil ainda fazer um diagnóstico porque havia a minha história de visita recente à Amazônia. "Mas quem fez o estrago, mesmo, foi um HSV1 — herpes simples — que só foi responder ao Aciclovir depois de 10 dias de tratamento."

Herpes? Falei alto, acho que a Karen finalmente se vingou de mim. Michel relatou que a Dayse decidiu me ligar à noite, ficou preocupada quando me viu com febre à tarde, e de noite, quando me ligou, percebeu que eu delirava: só falei bobagens no telefone, estava confuso. Foram me buscar de ambulância. Eu já estava convulsionando. Agradeci a ele toda atenção, quando se despediu. Michel Kepps achava que eu iria sair logo da UTI.

Avisei que precisava deitar de lado e a enfermeira, que parecia ser irmã gêmea da Lucy, a enfermeira-chefe da clínica, foi logo falando alto que "paciente médico dá mil vezes mais trabalho que qualquer um". Resolvi ficar quieto. Estava rouco, sem voz. Minha cabeça ainda doía, reclamei alto e ela aplicou uma droga deliciosa. Me deixou tranquilo, calmo. Queria mais daquilo. Perguntei que remédio era. Ela disse que era Paracetamol. Fiquei desapontado, já havia até aceitado o meu destino de dependente químico, como Juan, implorando por analgésicos.

As visitas foram aparecendo. Noah e Rachel, Sally e Frank, Jenny e Dayse, e até a minha vizinha inglesa, com sua voz baixa e sua atitude zen. Ficou umas três horas me ouvindo recordar os passeios que fazia com minha mãe e tentando justificar minha aversão pelo meu pai. Margareth disse que pior que pais ingleses ela não conheceu até hoje, são rígidos, disciplinadores ao extremo, sua mãe a obrigava a tocar piano três horas todo dia. "Não conversávamos com os filhos dos vizinhos, íamos para o Campo na férias e tínhamos que ler os livros clássicos." Mas, obviamente, Margareth quase virou uma cópia do modelo tirano da sua mãe quando sua filha nasceu. Não sabia como educar, e foi fazer tudo igual porque sabia que tinha dado certo com ela. Por sorte seu marido era um libertário e a fez relaxar e aproveitar a delícia que é compartilhar as primeiras descobertas de uma criança. Com as netas é melhor ainda, Margareth me contou: "Sou a avó, posso ser permissiva, já que minha filha quer ser a autoridade máxima... às vezes a vejo sendo tão rigorosa quanto a minha mãe. Mas as meninas passam férias de primavera comigo, e aí consigo estragá-las, como toda avó deve fazer com seus netos". Sentar na cadeira foi muito difícil, estava fraco, tremia muito. O corpo todo doía... minha força muscular estava reduzida a nada. Jennie trouxe uvas pretas sem caroço chilenas, as minhas prediletas, comi tudo.

Já estava sonhando com um sanduíche daqueles que só Miss Philipps sabe fazer. Não resisti e pedi para ela, que sorriu toda contente enquanto me colocou a par dos acontecimentos no Labtech. Noah teve aumento salarial, Carl escreveu um texto de circulação interna na empresa sobre divisão de lucros e patentes que causou muita comoção entre os pesquisadores e duas demissões voluntárias. Foi uma catástrofe! Ele que está na corda bamba, agora. Fui para um quarto depois de dois dias. Estou cercado de mulheres tão sábias, maduras. Quero aproveitar para aprender. Desfrutei da companhia de Rachel que também veio me ver, mas ela trouxe o gamão e lá vou eu perder. "Perdi 50 dólares. Você me limpou! Por isso só joga a dinheiro", reclamei. Conversamos sobre Anna que parece estar bem melhor, trocou a obsessão que tinha por Karen por Harry Potter. Só fala nisso. Rachel acha que ela está curada, mas é duro ter de ouvir por horas a interpretação de uma ficção infantil quando as duas trabalham no ateliê. Você precisa ver as *funfictions* que ela já criou, bem imaginativas! "Acho que nos reconheci em uma história de dois mágicos protetores meio malucos, que aparecem na Hogwarts School", confidenciou. Continuou me colocando a par da NBA: os Lakers foram campeões esse ano e Shaquille O'Neal fez 36 pontos nas finais. Poxa, o que mais perdi nestas duas semanas? Fofoquei que Maria achava a mão dela filosófica e a minha era mista, ela gargalhou e falou: "Vou fazer Maria ler minha mão também! Acredito em qualquer coisa que fale bem do meu destino e me dê vida longa... já sobre a minha saúde, não quero saber, não. "Será que foi essa quase morte que ela previu e que a deixou calada quando leu minha mão?", perguntei. Rachel respondeu com uma pergunta. "Será que tem serviço de quarto? Se eles servissem café, eu poderia ler seu destino na borra do café." Ri de chorar! Adoro o humor dessa cega maluca... Fiquei com a sensação de que todos me tratavam como se eu fosse um ser ressuscitado, um milagre. Sally apareceu uma única vez, muito rapidamente, e se despediu, distante, com um beijo no rosto, se desculpando, mas precisava ir embora: havia saído do meio de um *set* de filmagens para me ver. Não me encarava quando revelou que sentiu muito medo, e voltou a crer em uma força divina depois que me viu melhorar. Eu tentei ser engraçado e declarei que acreditava em reencarnação. Ela não entendeu a piada. Agradeci, mas senti que alguma coisa havia mudado entre nós. O interesse, a leveza do nosso relacionamento, parece ter acabado. Sally aparentava estar realmente com pressa de me deixar. Mais uma ex na sua vida, Dr. Daniel. Passei mais três dias, no hospital, em muito boa companhia: Lucy, Jenny e Miss Philipps se revezaram para eu não ficar sozinho. Cada uma me divertiu à sua maneira. A tarde mais interessante, para minha surpresa, foi a que passei com Jenny me contando seu passado de obesa compulsiva por doces; agora é compulsiva por trabalho, por isso é voluntária na clínica. É de uma família irlandesa, teve um casamento de fachada que não deu certo, e, depois que emagreceu, tomou coragem, separou-se e fugiu para Michigan. A cirurgia bariátrica foi a salvação para sua obesidade mórbida, ela não absorve gordura, só consegue comer 100 ml de cada vez, e tem uma saciedade muito rápida. "E os doces?", perguntei. Ela disse que trocou pelas frutas. Tomou nojo de chocolate, e quando come passa tão mal, que já desistiu deles. Trocou a obesidade pela desnutrição, falou racionalmente, mas se cuida, priorizando as proteínas e tomando suplementos proteicos e vitaminas. Aqui encontrou o amor da sua vida, Carol, uma enfermeira, mas que esconde de todo mundo. Se conheceram na internet em um grupo de ex-obesos. Fala desse amor com um pouco de tristeza, como uma mancha, uma fraqueza. Quando vai a Seatlle, não a leva e a família faz questão de convidar o ex-marido para as festas familiares. Eu queria poder aconselhá-la, fazê-la entender que os tempos mudaram, que as diferenças são superáveis, a família a apoiará quando perceber que o relacionamento é sério, mas, sei lá, pensei comigo que uma família católica praticante deve ser mesmo complicada... Só sugeri para ela que se mude para São Francisco, quem sabe vai se sentir mais normal diante de tanta diversidade. Mas agora, que quase morri, devo dar conselhos, não? "A vida é só um sopro, Jennie", me ouço falando de repente, e até eu me surpreendo com as minhas palavras. Aproveite! Não se deixe vencer pela mediocridade e preconceito. Ela debochou um pouco de mim, mas, no fundo, pressentiu que falei sério. Mudou de assunto, lembrando casos infantis engraçados que já havia vivido. As crianças adoram engolir coisas e já viu um alfinete de fralda aberto no esôfago e um terço com Cristo de braços abertos na cruz dentro do estômago de uma menina de quatro anos. Há um garoto de nove anos que aparece na clínica com pelo menos dez pregos, pulseiras e fivelas no estômago, e tem que ser vigiado, pois engole tudo que é prego e parafuso que vê pela frente. Se engolir quando estiver internado e houver uma complicação, a responsabilidade é da clínica. Já rolou com ele pelo chão para não deixá-lo engolir uma lâmina de bisturi, mas ele não desistiu e arrancou a pulseira de prata dela e engoliu rindo. Tem tremores de pavor quando o vê chegando à clínica.

As mães de primeira viagem sempre são responsáveis por falsas emergências, pois acham que os nenéns estão morrendo quando veem o cocô da criança vermelho. Geralmente é beterraba ou suco de uva. Jenny me contou de um caso estranho que deu muito trabalho... era uma criança que ficou tonta o dia todo depois de brincar meia hora na gangorra; é claro que a mãe não se lembrou desse detalhe importante até o último minuto, quando Jennie já está internando a criança pensando em uma doença neurológica como uma inflamação no cerebelo.

Jennie me deu os parabéns... soube na clínica que a ressonância de coluna que eu havia pedido para o Juan, o dependente de analgésicos, mostrou que um tumor benigno invasivo era a causa da dor crônica, intratável!

Vai ser operado na Universidade. Michel Kepps está arranjando tudo.

CAPÍTULO 15

"Não seria mais a reação
histérica de um homem que,
compreendendo em seu foro íntimo
sua inaptidão para o amor,
começa a representar para si próprio
a comédia do amor?"

Milan Kundera (*A Insustentável Leveza do Ser*).

Quando recebi alta fui para a casa de Rachel. Maria trabalhava lá todo dia para ajudar. "Anna continua a se tratar com Derek", ela me contou. Estava muito melhor. Voltou a estudar.

Conversei com Rachel sobre Sally, e ela tentou desculpar a irmã: "Ela lhe parecia estar um pouco assustada com a minha quase morte". Era só isso. Eu e Rachel assistimos a uma entrevista de Sally, num programa de TV, falando que estava sozinha, disponível, que sonhava em ter filhos, mas não havia encontrado ainda o candidato certo. Ok! Sally, recebi o recado. Bateu uma melancolia. Rachel percebeu, mas não me deixou quieto. Jogávamos gamão todos os dias. Era boa em decorar a posição das pedras, mas eu já estava quase falido e Rachel não era benevolente, e só concordou em jogar a dinheiro. Fofocávamos sobre as pessoas, eu as descrevia para ela. Lia à tarde para Rachel a *Obra em Negro*, de Marguerite Youcenar. Ajudava também no ateliê, escolhendo cores para as peças de artesanato. Ela era muito detalhista, queria que eu descrevesse a cor até ficar satisfeita, pedia adjetivos, comparações com sentimentos, descrições para todas as esculturas. Era perfeccionista e não cansávamos de conversar sobre as cores das flores e pássaros na Amazônia, sobre detalhes das árvores de Michigan que ela conhecia tão bem! Eu a deixei surpresa com a quantidade de livros que havia lido nos últimos meses. Escutamos um *audiobook*: Ana Karenina. Tomávamos sol na varanda. O frio já estava menos intenso. Estava sem notícias da Sally; perguntei à Rachel se ela via algum futuro naquele relacionamento. Ela devolveu a pergunta: "O que você acha?". Desabafei sincero que, se Sally fosse engraçada, tivesse *fair play* como a irmã, fosse menos ocupada e menos famosa, seria muito fácil! Estávamos no ateliê, segurando uma escultura toda lilás, muito grande, e Rachel tropeçou e caiu sobre mim. A beijei, não sei por quê. Ela correspondeu com uma avidez e sofreguidão surpreendentes. Quase a despi do vestido largo que usava, de tanto apalpá-la, foi algo violento, inesperado, mas muito bom. O corpo dela é maravilhoso! Não parei a tempo. Éramos dois desesperados por alguma coisa. Amor? E o Noah? Quando a loucura acabou, avisei que iria embora. Já poderia ficar na minha casa, com Maria me ajudando. Rachel concordou com a cabeça. É isso aí! "Dr. Daniel", pensei, "conseguiu estragar uma das poucas e boas amizades que conquistou." Transei com Rachel. Por quê? Devo estar com a encefalite herpética ainda.

Depois de dez dias em casa, vendo *amazing* vídeos e *forensic files*, na televisão, o tédio me convenceu a aceitar o convite de ir para o México com Debbie. Foi uma lástima. Tudo parecia perfeito: um cruzeiro pelo Caribe, uma mulher desejável, mas acho que a encefalite me deixou impotente. Ou foi a sonda vesical? Tentei Viagra. Foi quase possível. O olhar da Debbie em mim era de pena. Acho que já não me via como potencial pai para seu filho. Ainda bem que eram só dez dias. Sonhava e pensava na boca de Rachel enquanto beijava Debbie. Na viagem se via alguma paisagem interessante, alguma planta desconhecida, imaginava como iria descrever para Rachel. Mergulhei e vi uma paisagem subaquática com recifes esculturais; cardumes de peixes que faziam o mar parecer um imenso caleidoscópio. Sabia que teria que descrever isso tudo para ela algum dia. Quando retornei a Michigan, comecei a correr, e retomei os livros. Anna apareceu, está mais magra, perdeu peso com o antidepressivo, e agora faz parte da comunidade de Harry Potter. Parece meio infantil, mas ela acha que é mais do que um livro sobre magia. "Fiz meu dever de casa, pois já li o livro número um." Concordei com ela, e a vi se entusiasmar; continuei falando que achei o jogo *quidditch* empolgante, e a menina sorriu quando falei que concordo com a crítica de que é um clássico, e não só um livro para crianças. "Tenho um colega de trabalho que é igualzinho ao Draco Malfoy", afirmei. Anna caiu na gargalhada e falou por 20 minutos sem parar (eis uma grande mudança!) sobre a comunidade de fãs, os *potterishes*, *funfictions* e a fortuna de J. K. Rowling. Estava escrevendo *funfictions* e quer fazer jornalismo na Michigan University, a mensalidade é mais barata para residentes. Pensei: "Nossa, acho que vou tomar esse antidepressivo também!". O sorriso condescendente e olhar de enfado de Maria demonstrava que ela já ouviu essa conversa várias vezes. Pedi a Maria para ler minha mão, mais uma vez ela desconversou.

Voltei a trabalhar. Evitava o Noah. Ele queria me agradecer, com um jantar, pelas ideias das patentes. Parece que uma das técnicas de remodelação é realmente lucrativa. Pensava em Sally, de vez em quando, mas me lembrava mesmo era de Rachel, da sua ironia, de nossas piadas, estava melancólico, várias vezes disquei seu número de telefone, mas desistia envergonhado dos meus sentimentos nada puros! Me lembrava dos seus seios! Eram lindos!

Conversava muito com Miss Philipps e Jenny. As duas sabiam me divertir, não me levavam nada a sério, diziam que eu fiquei bonzinho, sequelado pela encefalite. Jenny me contou que Carol está pensando em se mudar para Boston... não gosta de uma relação não assumida e quer um filho. Eu fui sincero. Falei que achava que ela estava tentando fazer o que todo casal precisa fazer para sobreviver: planos para o futuro. "Está na hora de assumir, Jennie", avisei sério. Talvez os pais fossem ficar até felizes e tranquilos ao saber que ela amava alguém. As pessoas se acostumam com a verdade por mais incompreensível e intolerável que possa parecer para elas. Jenny riu e falou que eu, além de sequelado e mau conselheiro, também era um péssimo parteiro. Ela havia providenciado duas próteses definitivas para um dos bebês do parto córmico, e é claro que vai mandar a conta. Eu gelei. Riu de mim, com aquela gargalhada gostosa, quando viu que eu acreditei, dizendo que estava brincando, de novo! Essa pediatra, como todo bom médico, sabe brincar e ser cruel com os colegas!

Peguei dois livros emprestados na casa de Noah, um deles me surpreendeu: *Intimidade*, de Hanif Kureishi, sobre o fim de um casamento. O autor consegue descrever os personagens tão bem, em uma página fala sobre política, psicánalise, drogas e a fatalidade que é o fim de uma relação amorosa. Fiquei com vontade de discutir o livro com Rachel. Desisti. Essa amizade acabou. Mas continuava com muita saudade! Acho que me aproximei de Sally porque ela era muito parecida com a irmã, que sempre admirei. Li em uma manchete de revista que Sally está namorando um ator de teatro.

Marquei a minha segunda visita à Colúmbia. Decidi ir embora de Ann Arbor. Michel Kepps já até me deu uma indicação de clínica popular para eu continuar atuando. É na estação Jamaica. Vou cumprir meu contrato até maio e me mudo para Nova York. Noah já estava sabendo.

Minha vizinha trouxe um livro sobre o Budismo. Perguntei por que uma professora de Filosofia, conhecedora de tantas correntes de pensamento, escolheu o Budismo. Margareth falou bem lentamente, com a sua voz sempre muito baixa, que a crença é uma necessidade que foi aumentando com a idade. O Budismo fala em impermanência, aconselha a pessoa a aprender a viver o presente, que é o acontecimento mais importante da sua vida. Não há passado e o futuro não chegou. Temos que enxergar as pessoas que estão diante da gente como as mais importantes também. Sofre-se menos assim. "Você, que quase perdeu a liberdade e por pouco não morre na UTI, deve sentir como tudo é volátil e breve, não?", ela perguntou. Concordei com a descrição dela. Eu, um "quase morto". Fiquei imaginando qual seria a opinião de Rachel sobre o Budismo. Ela, devido à cegueira, teve que abandonar a Arquitetura, o paisagismo que amava e a possibilidade de ter filhos. Rachel deve se apoiar em alguma coisa. Em que será?

Noah está agitado, ocupadíssimo. Disse passando na minha sala no Labtech que precisava discutir algumas ideias, sem falta, na sexta. Perguntei quem estaria, e ele disse que achava que só nós dois. Rachel iria viajar. Anna iria com ela. Há dois meses que não falo com Rachel. Queria, mas temia encontrá-la. Morri de saudades. Senti falta de seus comentários, seu riso solto, sua atitude compreensiva quando conto como fico morrendo de medo de errar na clínica popular. Engraçado... de repente fiquei surpreso com a minha constatação: a única mulher que me enxerga como sou, é cega! Até agora não entendi o que fiz. Me arrependi, mas não consegui esquecer, me lembrava do desejo, da violência dos nossos gestos, da sofreguidão. E do corpo delicioso de Rachel. Um corpo longilíneo, forte, a pele macia, os seios fartos. Li no Milan Kundera que a violência é indispensável ao amor físico, e decidi experimentar, mas logo com Rachel?

Eu, agora, ataco cegas indefesas? Sou um doente, tão pervertido quanto o pai de Karen!

Noah fez costeletas de cordeiro grelhadas e finalmente provei o tiramisu de martíni e framboesas. Uma delícia. Relaxei quando não vi Rachel, mas não resisti e fui visitar o ateliê enquanto Noah digitava um resumo do que havíamos discutido. Finalmente, ele começou a pensar com os bolsos, está muito empolgado. Segurei a escultura lilás. Tomei um susto e a deixei cair quando ouvi Noah falando alto. Ela estava na sala. Fiquei ouvindo, parece que Anna não estava se sentindo bem, não conseguiram viajar. Continuei no mesmo lugar, esperando, paralisado, enquanto a vi entrando no ateliê. Ainda bem que Rachel não me enxergava. Estava suando, tremendo. Falei baixo para ela não se assustar. "Olá, Rachel!" Ela sorriu e começou a chorar silenciosamente. Beijei as suas mãos, seus olhos, mas, sem perceber, a segurava com muita força. Ela retribuiu procurando minha boca, com suas mãos. Falei que a queria... Que em todos os minutos desses dois meses me lembrei dela... Não sei como ou por quê, mas a queria... Contei sobre o mergulho no Caribe e o que aprendi sobre o Budismo com Margareth. Rachel gracejou falando que "achar que toda formiga é um ser sagrado é um pouco demais para mim". Até concordava com a preocupação do Budismo de encarar só o presente, mas tinha grandes dificuldades em amar a todo mundo, incondicionalmente. "Prefiro acreditar na minha vida passada de rainha egípcia." Já estávamos calmos, sentados, rindo e conversando, quando Noah entrou na sala. Rachel pediu para ele sentar perto dela. Eu já deveria saber: ela sempre jogou basquete no ataque! Quando Rachel começou a falar, já adivinhei o que ela iria fazer. Falou para Noah que me queria, e achava que eu também a queria. Foi algo recente, mas é o presente, e temos de encará-lo. Eu só balancei a cabeça, concordando. Noah perguntou se era alguma pegadinha, e riu. Não acreditou, mas Rachel reafirmou séria, quase chorando, que me queria, que os últimos dois meses sem ouvir minha voz foram piores que os últimos anos, cega. "Amo você também", falou para Noah, "mas nós dois sabemos que há muito tempo somos mais amigos que amantes." Eu vi que Rachel segurava a mão de Noah, firmemente. "Não sei quando nem por que começou." Rachel continuou a se explicar. "Talvez porque Daniel quase morreu e eu finalmente aceitei que não vou conseguir enxergar. Noah tentou refutar com monossílabos, e depois, com uma enxurrada de argumentos, lembrou que a visão melhorou, recordou as cores que ela estava vendo de vez em quando, falou do tratamento de Filadélfia, disse que eu a abandonaria logo que passasse o desejo, a sensação de novidade, como abandonei Karen.

"Pode ser", concordou Rachel. "Somos dois desesperados pelo presente. Não é Daniel?", ela perguntou.

Segurei a mão que ela me oferecia. Noah se afastou negando com a cabeça... e inconformado, murmurava "não, não, não!!". "Não vê, Rachel, que este homem está te roubando por puro egoísmo?", e, quando seus olhos encararam os meus, gritou: "Egoísta, invejoso, maluco assassino, só você seria capaz de ser tão desleal!". Continuou em voz mais baixa, se afastando de nós, mas percebi que, por fim, aceitara a derrota, renunciara ao ver a paixão que me unia à Rachel. Eu sem querer a segurava com força, como se fosse um escudo, uma proteção contra a raiva contida nas palavras de Noah. Estava assustado com a reação de Noah contra mim: me lembrou meu pai, talvez por isso não consegui responder, me defender... fiquei mudo, estático.

Fui embora com Rachel.

Fim

Impressão e acabamento
Editora Parma LTDA
Tel.:(011) 2462-4000
Av.Antonio Bardella, nº280,Guarulhos,São Paulo-Brasil